風ヶ丘五十円玉祭りの謎

青崎有吾

JN192003

夏祭りにやって来た，裏染天馬と柚乃たち風ヶ丘高校の面々。たこ焼き，かき氷，水ヨーヨー，どの屋台で買い物してもお釣りに五十円玉が含まれるのはなぜ？名作『競作 五十円玉二十枚の謎』をモチーフに挑んだ表題作ほか，“若き平成のエラリー・クイーン”が日常の謎に挑戦。学食のすぐ外に放置されていたどんぶりの謎を鮮やかに解く「もう一色選べる丼」，吹奏楽部内でのトラブルを描く「針宮理恵子のサードインパクト」，さらに天馬の妹・鏡華の華麗な謎解きを加えた全五編。『体育館の殺人』『水族館の殺人』に続くシリーズ第三弾は，痛快推理連作集。

主な登場人物

袴田《はかまだ》柚乃《ゆの》……風ヶ丘高校一年B組。女子卓球部。
野南《のみなみ》早苗《さなえ》……同一年B組。女子卓球部。柚乃の友人。
裏染《うらぞめ》天馬《てんま》……同二年A組。校内に住みついている駄目人間。
向坂《さきさか》香織《かおり》……同二年A組。新聞部部長。裏染の幼なじみ。
梶原《かじわら》和也《かずや》……同二年A組。演劇部部長。
針宮《はりみや》理恵子《りえこ》……同二年D組。問題児の少女。
早乙女《さおとめ》泰人《やすひと》……同一年A組。吹奏楽部。針宮の恋人。
裏染鏡華《きょうか》……緋天学園中等部三年生。裏染の妹。
仙堂《せんどう》姫毬《ひめまり》……同三年生。生徒会雑務係。
袴田優作《ゆうさく》……柚乃の兄。県警捜査一課の刑事。
白戸《しらと》……保土ケ谷署の署員。

風ヶ丘五十円玉祭りの謎

青 崎 有 吾

創元推理文庫

THE ADVENTURE OF THE SUMMER FESTIVAL

by

Yugo Aosaki

2014

目次

風ヶ丘五十円玉祭りの謎

神奈川県立風ヶ丘高校

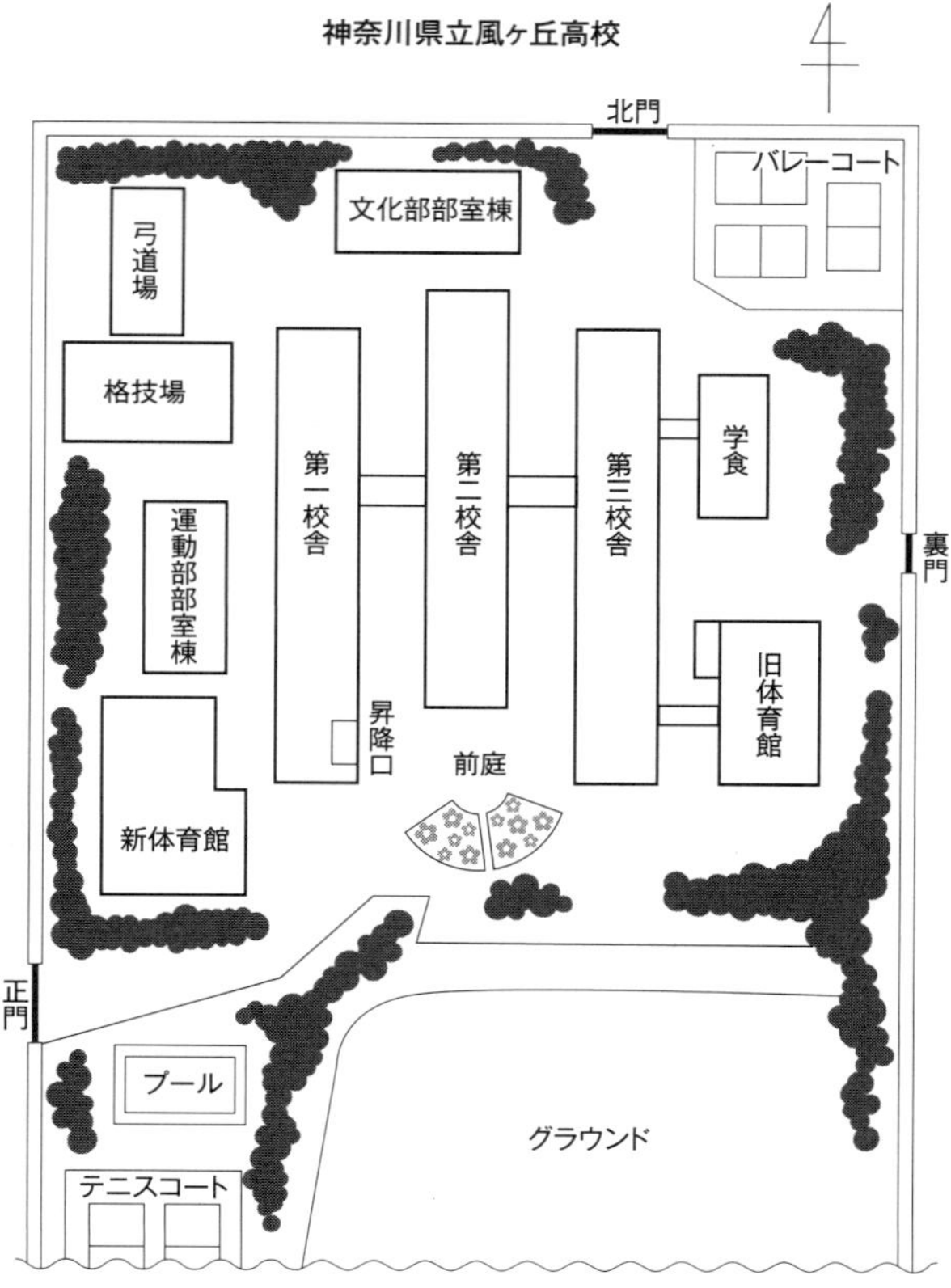
北門
バレーコート
文化部部室棟
弓道場
格技場
第一校舎
第二校舎
第三校舎
学食
裏門
運動部部室棟
旧体育館
昇降口
前庭
新体育館
正門
プール
グラウンド
テニスコート

もう一色選べる丼

1

「肉をつけたい」

何げなく口にしたとたん、早苗《さなえ》が箸《はし》の動きを止めた。

「トッピングなら、券売機で一品百円だけど」

「いやご飯につけたいんじゃなくて。体に」

「ほうほう。体のどこに。胸？」

「腕とか、脚とか」

「喧嘩を売っているのか」

「売ってないけど」

「売ってるでしょうが！」

決めつけられた。

「肉を落としたいならともかくつけたいってあんたそんなしかも食事中にあんた、なんて命知らずな言動を……びっくりしたわもう、同じ女子と思えんわ」

ポニーテールを揺らして早口でまくしたててくる。何か誤解を招いたらしい。柚乃《ゆの》はペンハンドの握りを作って左右に振り、部活の話というアピールをする。

「肉って、贅肉《ぜいにく》じゃなくて筋肉ね。ほら、袴田《はかまだ》はもっと体格よくしたほうがいいよって、この前佐川《さがわ》さんに言われたから」

「ならそんなメニューじゃなくてもっとがっつり食べなよ」

早苗はプラスチック製の箸でこちらのお椀を指す。柚乃の昼食はハーフサイズの冷やしきつねうどんだ。

「暑いから食欲なくて……」

「くそ、目の前で友達がダイエットに勤しんでるってのになんて奴だ」

「え、あんたダイエット中なの？　そのメニューで？　そっちのほうがびっくりだよ！」

早苗が食べているのは学食の人気メニュー〝二色丼《にしよくどん》〟。すべての丼ものの中から好きな二種類を選び、半分ずつ盛ってもらえるという一杯で二度おいしいどんぶりである。ご飯の上に真っ赤なマーボー丼と黄色い親子丼が仲よく並んでいる様はボリューム満点どころの騒ぎではなく、見ているだけで胸焼けしそうだ。

「間食を抜くダイエット法なの。だから朝・昼・夜はいっぱい食べんの」

「いっぱい食べたらプラマイゼロじゃん」

「プラスよりはいいでしょうが」

相変わらず適当なことを言う早苗。しかし、これだけ食べて柚乃と変わらぬ細い体——悪くいえば、小柄で子どもっぽい体つき——を維持しているのはすごいという気もする。新陳代謝がいいのだろうか。

「まあなんでもいいけど、早く食べちゃいなよ」

「別にゆっくりでいいでしょ。人も少ないし」

コップの水をすすりつつ、二人はテーブルの周りに目をやった。確かに生徒の数はまばらだった。

神奈川県立風ヶ丘《かぜがおか》高校の学食は、校舎の端に独立して建てられた、プレハブ製の小さな平屋である。約千人の生徒数に対し、とにかく狭くて席が少ない。

昼休みの開始直後は利用者が殺到し、食券の券売機にも長蛇の列ができ、まさしく戦争状態と化すのだが、二十分もすれば収拾がついてガラガラになる。チャイムが鳴ってもしばらく我慢してから学食に出向けば、空いている席でゆとりある食事が楽しめるわけだ。基本的に弁当派で、あまり学食で食べる機会のない柚乃は、入学してからこのことに気づくまで三ヶ月近くかかった。

十卓ほどのテーブルが好き勝手な位置に並べられており、テーブルクロスの柄はバラバラ。椅子の種類も丸椅子からパイプ椅子まで統一感がない。奥には惣菜パンが並んだ棚と、コカ・コーラのくすんだロゴが入ったドリンククーラー。横浜の進学校の食堂といえば聞こえはいいが、実際は田舎の定食屋といった趣《おもむき》である。

悪くない、と柚乃は思う。

七月の暑さをやる気なさげに掻き回す扇風機も、混雑の元凶となっている一ヶ所しかないカウンターと返却口も、その奥で働く割烹着《かっぽうぎ》のおばさんたちも、壁に貼られた〈返却し忘れを見つけたら食器の持ち出し禁止します！〉という手書きの注意も。狭苦しいながらもどこかアットホームで、居心地がよかった。

ときおり、開け放たれた引き戸を通って生徒が出入りする。柚乃たちのように遅れて昼食をとりにやって来る者もいれば、食べ終わって教室に戻る者もいる。ちょうど、近くでダべっていた数人の男子が荷物をまとめ、「やべえ、ミーティング始まってる！」と慌てながら出ていくところだった。そのうちの一人がつかんだ携帯電話には、黄色いボールのストラップがついていた。テニス部員だろうか。

さらにその後ろでは三人の少女が額を寄せ合い、箸を持つのも忘れて会話に興じている。

「えー、それは完全につきあってることになるでしょ。自信持ちなよ」

「そ、そうかな。でも、学校じゃあんまり話せないし……」

「遊び行こうとか誘ってみれば？」

「忙しそうだし……」

盗み聞きするつもりはなかったのだが、何やら甘酸っぱい内容が漏れ聞こえた。中央の髪の長い少女と視線が合ってしまい、相手は顔を赤らめうつむいた。

「しかし、アレだね」

二色丼に目を戻してから、早苗が言う。

「痩せるだの太るだのって話してるのが、彼氏のためじゃなく部活のためとは……お互い虚《むな》しくなるな」

「私は部活のためというより、佐川さんのためだけどね」

柚乃の脳内で、女子卓球部部長が潑剌《はつらつ》とした笑顔を振りまいた。にやにやしながらうどんのつゆを掻き混ぜてしまう。

「ところで、あの人とはどうなったの」

「あの人って？」

「探偵の。ウミガメさん」

「ああ……」

察しはついたものの、早苗の情報は間違いだらけだった。問題の人物は探偵ではないし、ウミガメという名でもない。そしてもう一つ、

「どうなったって言われても、どうもなってないけど」

「なってないの？　あ、これからなるのか」

「いやそんな予定ないから。なんにもないから」

「嘘つけえ、会議室のときあんなに目を輝かせてたくせに！　あたしは見てたぞ！」

「あれは驚いてただけ。そんなに軽く好きになってたまるか」

全否定してから、うどんをすする。

「そもそもあんたは、あの人の本性を知らないからそんなことを……」

「あ、噂をすれば」

柚乃が言い終わる前に、早苗は入口のほうへ首を伸ばした。

暑さに耐えかねるようなふらふらとした足取りで、シャツのネクタイをだらしなく結んだ、一人の少年が入ってきた。

スラリとした体に、不ぞろいに伸びた前髪。端整な顔立ちと、眠たげな二重まぶた。黒い瞳はまっすぐに券売機を見つめていた。

彼は慣れた手際で食券を一枚買い、黙ってカウンターにそれを差し出す。受け取ったおばさんが、からかうような声を上げた。

「またハーフの素うどん？　あんた、いっつもこれねえ。お金ないの？」

「金はありますがもっと重要なものに使ってるんで」

つぶやくように答えて、出てきたどんぶりをトレーに載せる。箸を取り、窓際の一番隅の席へ行き、カバーをかけた文庫本を開いて、読みながら食事を始める。流れるような所作の中、彼が学食の他の利用者へ目を向けることは一度もなかった。

「クールだなあ」

友達がいないとか愛想がないとか陰気だとかひねくれてるとかその他すべての選択肢の中から、早苗はもっとも前向きな形容を選んだ。

「クールかなあ……」

柚乃の相槌《あいづち》は疑問符つきである。

「人も少ないし、チャンスじゃん。話しかけなくていいの？」

「別に、わざわざ話しかけなくても。行きたきゃ勝手にどうぞ」

「おーい、ウミガメさーん！」

「本当に行くのかよ！　あとウミガメさんじゃないから！」

トレーを持ってテーブルを離れた友人を、柚乃も困り顔で追う。早苗がウミガメさん、ウミガメさんと呼びかけても、当の本人は反応しなかった。柚乃が後ろから「裏染《うらぞめ》さん」と正しい名前で呼んでやると、やっと文庫本から顔を上げた。

「……なんだ、袴田妹か」

「なんだとはなんですかー！　それに柚乃だけじゃなくてあたしもいますよ！」

元気よく正面の席に陣取った早苗をまじまじと見つめ、

「誰だっけお前？」

裏染天馬《てんま》は、無情な一言を発したのだった。

2

「私のクラスメイトで同じ卓球部の、野南《のみなみ》早苗さんです」

「そうか。よろしく野南」

「よろしくじゃない！」

早苗は拳でテーブルを叩いた。

「ひどいですよ、二回くらい顔合わせてるのに！　謎解きの場にもいたんですよ？　裏染さんが集めたんじゃないんですか？」

「謎解き？　覚えがないな。なんの謎解きだ」

「二週間前の！　体育館の話ですよ！　裏染さんが犯人当てた」

「ちょっとこいつを黙らせてくれ」

隣からつつかれて、柚乃は友人の肩をまあまあと押し戻した。幸い、注目を浴びる前に早苗はおとなしくなった。裏染が六月の末に行った仕事については、一応他言無用ということになっている。

「で、なんか用か」

「私は別に用はないんですが、早苗が話したいっていうから……」

「いや、あたしも用ってほどじゃないんですけど、柚乃が話したがってるんじゃないかなーみたいなところを察したのでつい」

「よくわからんが、どっちも特に用がないということはわかった」

裏染は冷静に麺を口へ運ぶ。ねぎと少量のわかめが載っただけの寂しい素うどん、しかもハーフサイズ。学食で一番安いメニューだ。

「用がないなら放っといてくれ、俺は今本を読むのと食事で忙しいんだ。独りで静かで豊かでいさせろ」

「本……?」

ひょっとして、彼が手に持っているコミック文庫のことだろうか。髪がボサボサで眼鏡をかけた中年のお父さんが、少女漫画チックなキャラクターを巻き込んで暴れ回っていた。どこかで見た覚えのある漫画だが思い出せない。

まあ、とにかく、

「ほっといてくれだってさ」

だから言ったじゃん、と心の中でつけ足しながら、柚乃は椀の底に残ったつゆを飲みほした。お揚げの味がだしに染みていて、冷たかった。

裏染天馬という男について、少なくとも早苗よりは柚乃のほうがいくらか詳しい。二週間前に起きた事件の際、彼に協力を仰いで捜査の場へ引っ張り出したのは、他ならぬ柚乃自身だからだ。

本性が寝てばかりの駄目人間であることも、趣味が二次元に染まっていることも、基本的に人嫌いの性質であることも知っている。しかも、その一方であの推理と解決。事件の最中はあまり気にならなかったが、なんだか近寄りがたい印象ばかりがつきまとって、ひとたび事が終わるとたんに話しかけづらくなってしまった。

彼が私物を散らかしまくって勝手に占領している〝部室〟についても、一週間ほど前に事件の報酬を手渡しに行ったきり、ずっと訪ねていない。

「ほら、教室戻ろ」

ちょうど早苗も二色丼を搔っ込み終えたところだった。柚乃はトレーを持って、座ったばかりの席から腰を上げた。

「お騒がせしました」

裏染に軽く頭を下げると、おう、と短い返事。目はすでに手元の漫画を追っている。早苗もあきらめてしぶしぶ席を立つ。

すぐそばの返却口にお椀や箸をトレーごと返し、出口へ向かおうとしたとき、

「ああーっ！」

外から、怒ったような叫び声が聞こえた。年季の入った、少ししわがれた声。

別れを告げたばかりの裏染越しに、開けっぱなしの窓のほうを見ると、外に白い割烹着姿の中年女性が立っていた。先ほど裏染をからかっていたおばさんである。

「どうかしたんですか？」

窓際へ寄って、柚乃はおばさんに声をかけた。彼女は自分の足元を強く指さし「これよ、これ！」とまた叫ぶ。

「これ……？」

おばさんの足元には、黒いどんぶりがあった。

オレンジ色のトレーと一緒に、雑草だらけの地面の上に放置されている。おまけにどんぶり

の中は空ではなく、千切りのキャベツとソースのかかったトンカツが半分ほど手つかずのまま残っていた。

「……もしかして、返却し忘れですか？」

横から顔を出し、早苗が言った。

「みたいね。ゴミを捨てに外出たら見つけたの。学食のすぐ近くなのに放置してくなんて、しかもこんなにたくさん残して……許すまじ！」

見えない犯人に向かって、おばさんは拳を振り上げた。ほうれい線が丸っこくついた優しそうな顔と裏腹に、迫力のある人だ。

風ヶ丘の学食では、席数が少なすぎるということもあり、買ったものを外へ持ち出せるようになっている。カレーや定食を持って教室や部室に戻り、他の友達と一緒に食べて、トレーと食器は、昼休みが終わる前に返却口へ返しておけばいいわけだ。

しかし、中には食器を持ち出したきり返し忘れるだらしない生徒もいる。教室の隅や階段脇に皿だとかどんぶりだとかが放置してあるのは、よく見る光景だった。柚乃たち女子卓球部の部室にも、ときどき部活終わりまで汚れた皿が置いてある。

「あれ？　でも、返却し忘れってことはまさか……」

「そうね。公約どおり、食器の持ち出し禁止！」

「そんな！」

おばさんの宣言と同時に、早苗が悲痛な声を上げた。

未返却が続けば学食の食器が減る。学食の食器が減ればおばさんたちが怒る。おばさんたちが怒ればそれなりの措置が取られる。そういうわけで学食では、一ヶ月ほど前から新たに〝百円システム〟が導入されていた。食器を持ち出すときは前もってカウンターに百円を預けておき、返却するときにそれを返してもらうという、プールのコインロッカーのような制度である。

百円惜しさに食器を返し忘れる生徒は激減した。しかし、それでもまだ、はした金よりも面倒くささを優先する猛者《もさ》は残ったらしい。さらなる対抗策として一週間前に学食側が掲げたのが、壁に貼ってあるあの手書きの注意だった。

〈返却し忘れを見つけたら食器の持ち出し禁止します！〉

この脅しによって、とうとう食器の未返却はゼロになった。一週間の間、風ヶ丘高の学食事情は待ち望んだ平穏に包まれた――はずだったのだが。

今、柚乃たちの目の前には、未返却のどんぶりが置いてある。

「か、勘弁してください、まだ一個見つけただけじゃないですか！」

「だめ。約束は約束です」

「ひどい！」

早苗の必死の懇願にも、おばさんは頑として決意を揺るがさない。

「恨むならこれを置いてった愚か者を恨みなさい。まったく、返却口はすぐそこだってのに」

「あ、そうですよ。すぐ近くだから、これで返却したつもりだったのかもしれませんよ。悪気はなくて」

柚乃も口を挟んでみたが、

「返却口に返さない限り、返却とは認めません！」

やはり無駄だった。柚乃よりも学食を使う頻度が高く、ちょくちょく食器の持ち出しシステムを利用している早苗はいよいよ頭を抱える。

「なんてこった」

「別にいいじゃん、今度から学食の中で食べれば」

「それじゃ柚乃と一緒に食べれないじゃん……」

……変なところで友達甲斐のある奴だ。

「わかったわかった、私も弁当持って一緒に来てやるから」

「できれば、お弁当は教室で食べてほしいんだけどねえ。席が混むから」

と、注文の多い学食のおばさん。

「それにしても、誰が置いていったんだか……あの子かしら」

「誰か、心当たりがあるんですか？」

「やりそうな子が一人いるのよ。二年生の金髪の女の子。不良っぽくて、よく外で食べてるのを見かけるし」

「あー、たぶん、その人違うと思いますよ」

おばさんのいう生徒とは、おそらく二年D組の針宮理恵子《はりみやりえこ》だろう。体育館の事件の諸々で、彼女の「不良っぽさ」が見た目だけなことを柚乃は知っている。

「誰がやったかわかんないからタチが悪いのよねえ。どうせ貼り紙するなら、懸賞金でもかけときゃよかったわ。『置き去り犯を見つけた者には食券二十枚進呈！』なんて」

「はは、そんな過激な……おわっ！」

唐突に耳元でズゾゾッという音がし、柚乃は早苗のほうに飛びのいた。

いつの間にやら裏染が後ろに立ち、うどんをすすっていた。

「う、裏染さん。どうしたんですか」

「食券二十枚進呈って聞こえたから。なんの話かと」

「じ、地獄耳ですね……」

しかし──待てよ。

柚乃はようやく気づいた。そうだ、この場には、彼がいた。

うまくいけば、お気楽な友人が頭を抱えるほどの学食の危機を解決できる、かもしれない。

「あの、おばさん」

「ん？」

「このどんぶりを置いていった人、もし見つけられたら、持ち出し禁止にしないでもらえませんか」

当然というべきか、窓の外のおばさんは「何言ってんのこの子」とでも言いたげな顔をする。

「まあ、犯人が謝ってきたら考えないこともないけど」

「じゃ、もう一つ。見つけられたら、さっき言ってたとおり賞品もらえます？　食券二十枚」

「え？　そりゃ見つけたなら、喜んであげるわよ。でも、そんなのできるわけ……」

おばさんの疑惑にはかまわず、今度は裏染へ、

「裏染さん、食券二十枚ほしいですよね？」

「くれるならもらう。食費が浮く」

「見つければくれるそうです」

「何を見つけるって？」

「——どんぶりを置いていった、犯人です」

柚乃は窓の外、おばさんの足元を指し示した。

裏染はそのどんぶりを見つめながら、ズズ、と最後の麵をすすった。

3

数日前に梅雨《つゆ》明けが発表されており、空は陽射しが降り注ぐ快晴である。気温は高く、すぐそばの林からかん高い蟬《せみ》の合唱が聞こえていた。健康的な肌がよく似合う早苗はともかく、出不精を絵に描いたような裏染がそんな陽気の中に立っている様は、なんともちぐはぐな印象だった。かくいう柚乃のほうも、窓ガラスに映る自分の外見は完全にインドア派の文学少女なので、人のことをとやかく評せないのだが。

学食の裏手にはゴミの集積所があった。可燃、不燃、びん・カン、ペットボトルなど、区画分けされたスペースに半透明のゴミ袋がいくつも置いてある。回収されたばかりなのか、可燃ゴミの袋だけは数が少ない。

集積所の横には、鉄製の扉がついた古びた小屋。冬に使う灯油タンクの保管庫だ。さらに向こうには、柚乃たちがいつも練習に使っている旧体育館が見える。反対側のバレーコートのほうからは、ボールで遊んでいるらしい男子たちの笑い声が聞こえた。人の気配といえば、その声くらいだった。

敷地の最も端なだけあって、昼休み中だというのに辺りには柚乃たちしかいない。

「こんな場所でお昼とは、変わった人がいたもんだね」

早苗は、問題のどんぶりの前にしゃがみ込んでつぶやいた。どんぶりは、ゴミの集積所と学食の間、三メートルほどぽっかりと空いた、雑草だらけのデッドスペースに残されていた。

「こんなスペースあったなんて、気づかなかった」

柚乃もしゃがみ込む。集積所があることは知っていたが、学食との間のこの空間は常に意識の外にあった。そしてもちろん、ここで食事する人間がいた、という事実も予想外である。

「ゴミ捨て場のそばなのに、なんでこんなとこで……」

蟬の鳴き声を背に浴びながら、置き去りにされたどんぶりを観察してみた。

どんぶりはトレーの上に載っているので、正確にいうと放置されているのは食器だけではなくトレー丸ごとである。オレンジ色のトレーの中心に、漆《うるし》塗り風の黒いどんぶり。内側は朱色。

縁にはご飯粒がいくつかこびりついており、底にはとろみのあるソースがかけられたカツとキャベツが半分ほど残されている。柚乃から見てどんぶりの後ろ側に、空になったソースの小袋。右側には、斜めに破かれた開け口の切れ端と、水が飲みほされたガラス製のコップ。以上。

「で、どうやって犯人を見つけてくれるわけ？」

学食の中に戻ったおばさんが、窓から興味津々で尋ねた。柚乃はそちらへ苦笑いを向ける。

——ちょっと、難題すぎたかもしれない。

「う、裏染さん、どうですかねこれ……あれ？」

振り返ると裏染は、集積所の日陰で体育座りをしていた。

「何やってんですか」

「暑い。もうだめだ」

「外に出てから一分しか経ってないでしょうが！　しっかりしてください！」

「喉が渇いた……。袴田妹、飲み物おごってくれ」

「おばさん、水をください。セルフサービスのやつ」

「水かよ……」

物乞いをあきらめた裏染はふらりと立ち上がり、ようやく現場へ辿《たど》り着く。幸い、どんぶりが置いてある場所も学食の壁で日陰になっていたので、彼の気力は持続した。吸血鬼みたいな男だ。

「ここだけ草が倒れてるな。ここに座って食ったわけか」

裏染は柚乃たちの対面にあぐらをかき、じっとトレーを見つめた。

「どうですか、裏染さん」

「…………」

「裏染さん？」

「まあ、普通は無理よね」

傍観者のおばさんが退屈そうに言う。

「だいたい、そんな簡単に誰が食べたかなんてわかるわけないわよ。学食パート歴七年のおばちゃんが言うんだから間違いな……」

「左利きですね」

「え？」

「左利きの男。髪は短めで茶色に染めてる。痩せ型かもしくは中肉中背。背は一八〇センチ以下。おそらく二年生か三年生でしょう」

「…………」

晴天の下、柚乃と早苗は呆《ほう》けたように顔を見合わせた。

裏染は、まだどんぶりに触ってもいないのに。

「な、なんでわかるんですか？」

「見ればわかる。髪の毛が落ちてるだろ」

指をさされて、柚乃も気づいた。五センチくらいの薄い色の毛が、トレーの隅にくっついている。トレーのオレンジ色と同化しているので今までわからなかった。

「トレーは毎回洗浄されてるだろうし、ここは人通りもないから、間違いなく食った奴のだ。これで長さと色がわかった。女にしては髪が短すぎるから男だろう。あと倒れてる草の範囲だが、俺の尻のサイズとあんまり変わらん。そんなに太ってないってことだ。位置的に窓の死角になるとこで食事したようだが、背が高すぎると頭が飛び出て学食側にばれる。だから一八〇センチ以下。二年か三年ってのは、さっきお前も言ってたように、一年生でこんな場所を知ってるとは考えにくいから」

「左利きっていうのは?」

早苗も横から喰いついた。裏染はソースの小袋の切れ端をつまみ上げ、

「これが食った奴から見て左側に置いてあった。開け口を破くときは、普通利き手で引っ張る。てことは、破った切れ端が手に残るのも利き手側だ」

柚乃は実際に想像上の袋で試してみる。なるほど、言われてみれば、開け口を破くのに使うのは常に利き手——自分の場合は右手——だ。

「うちの学食のソースはかなり濃くて、とろみがついてる。袋を空にするには両手を使ってきちんと中身を押し出す必要があるが、もし切れ端を手に持ったまま中身を出したなら、切れ端と空の小袋は同じ場所に置かれるはずだ。でも、トレーの上では離れてた。てことは、口を開けたあとに一度邪魔になる切れ端を置いて、それから中身を出したんだろう。両手を使う小袋本体ならまだしも、利き手で握ってる切れ端を置くなら、その場所も当然利き手側になるはず

だ。どっちもスペースが空いてるのにわざわざどんぶりを跨《また》いで反対側に置く奴なんていない。切れ端が左側にあったなら、こいつは左利きだ」

「ちょ、ちょっとあんたやるわね！」

窓を乗り越えてきそうな勢いで、おばさんが感嘆する。

「おばちゃんびっくりしちゃった！」

「そうすか」

まさかソースとかけてるわけでもないだろうが、適当に応えてから裏染はどんぶりに手を伸ばした。持ち上げると、その下から小さな紙片が現れた。

「あ、食券だ」

早苗が手に取り、柚乃も覗き込む。確かにそれは食券の半券だった。時間と買ったメニューが印刷され、空いたスペースにペンで詳しい注文が殴り書きしてある。

〈12：13　二色丼（大盛）　ソースカツ・オヤコ〉

「ソースカツ丼と親子丼の、二色丼を食べたわけね」

「カツと親子？　しかも大盛り？　うわあ、ボリュームあるなあ」

さっきまでマーボーと親子のチャンポンを食べていた奴が何を言うのやら。

「でも確かに、かなりガッツリ系だね。おばさん、これ注文した人覚えてませんか？」

「時間はいつ？　十三分？　三十分も前じゃない、いちいち覚えてらんないわよ」

カウンターの上にかかった時計を確認し、おばさんは首を振る。今は十二時四十分過ぎ。ちなみに昼休みは十二時十分から一時十分までの一時間なので、犯人を見つけるまでのタイムリミットはあと三十分もない。

焦る気持ちで裏染を見やるが、彼はどんぶりをすぐトレーに戻し、散歩するように辺りをぶらついていた。頼りになるんだかならないんだか。仕方なく、柚乃は自力で食券の考察を試みる。

とりあえずこの半券が、どんぶりを食べた犯人のものであることは間違いないだろう。どんぶりに残っているソースカツ丼のカツとキャベツが、その証拠だ。買った時間は昼休み開始からわずか三分後。かなり早い。……それとも犯人のクラスでは、四時間目の授業が早く終わったのだろうか？

「おばさん、今日って、昼休みより早く学食に来た人います？」

「それなら覚えてる。今日は誰もいなかったわ」

ということはやはり、チャイム直後に走ってきたと見るべきだ。戦争状態の中、たった三分で券を買えるほど学食に通い慣れている人物。裏染の言うとおり上級生である可能性が高い。それと、早苗みたいな大食いでない限り、女子でこんなボリュームのあるものを頼むことはなさそうだ。男子という線も強いかも。まあ、カツは半分近く残しているわけだが——

「あれ？」

そこまで考えて、柚乃は気づいた。

カツは半分近く残っている、と今までは思っていた。しかし二色丼は、好きな丼ものの中か

ら二種類を半分ずつ盛るメニューである。最初から半分しかなかったということは、

「この人……自分で頼んだカツを、丸々残したってこと？」

「らしいな」

神出鬼没の裏染に背後を取られて、また飛びのいてしまった。本当に吸血鬼みたいな男だ。そういえば住んでいる部屋も棺桶《かんおけ》に近い。社会的な意味で。

「残したってだけじゃない。他にもおかしなことだらけだ」

「た、たとえば」

「カツは残したのに米は全部食ってる。しかも、どうやらソースをかけたのは食い終わったあとだ。どんぶりの縁のほうにはソースが少しもついてない」

確かに、縁にはご飯粒などが汚くくっついているのに、ソースの黒い色は見受けられない。最初からソースをかけていたなら、縁のほうにもそれが残っているはずだ。

「それに何より……」

裏染は柚乃たちのほうへ手を伸ばした。指先に、ご飯粒が一つ載っていた。

早苗が首をかしげ、

「なんですか、これ」

「トレーの近くの雑草にくっついてた」

「別に、それは普通じゃないですか？　ここで食べたんだろうし」

「ああ。間違いなくここで食ったっていう証拠だ。だが、だとしたら、箸はどこに行った？」

「……あ」

そうだ。よくよく考えてみれば、ここには箸がない。

トレーにどんぶり。ソースの小袋にコップ。食券までそろっているのに、ただ一つ、食事に欠かせないはずの箸だけがない。さっきの散歩で裏染はそれを探していたのか。

「ちょっと食券貸してくれ」

早苗の手から半券を取り、裏染は再び歩き始める。おばさんが窓から「なになに、どういうことなの」と声をかけてくるが、返事もできずに柚乃はどんぶりを見つめていた。すり鉢状の蟻地獄を覗いている気分だった。

箸はどこへ行ったのか？　わざわざ二色丼を頼んでおいて、片方だけ残したのはなぜか？最初からカツにソースをかけなかったのはなぜか？　そもそも、こんな場所で食べていた理由は？

置いていった犯人を見つけるどころではなく、ますます謎が増える一方だ。

「箸だけ返却口に返したのかな？」

「いや、それならどんぶりも返してるでしょうよ」

「そりゃそうか。じゃあ……うーん」

早苗と一緒に柚乃も首をひねった。裏染は食券をいじくり回しながらぶつぶつ言う。

「十二時十三分。三十分前。てことは、トイレとかでちょっと席を外したって感じじゃないな。完全に置いていったわけだ。箸だけ持っていったのか？　なぜだ？　でもって、自分で頼んだカツを全部残す？　いや待てよ、ということは……」

「やっぱり無理かしら」

　ころころ意見を変えつつ、窓枠に頬杖をついたおばさんの顔は、

「ああ、なるほど」

　裏染の一言で、支えの腕をガクンと滑り落ちた。

「あんた今、なるほどって言った？　何かわかっ……」

「そんなところで、何してるんだい」

　おばさんが詰め寄ると同時に、人通りのないはずの学食裏に、新たな声が加わった。今度も年季の入ったハスキーボイスである。

　振り返った先に立っていたのは、青いつなぎを着た五十代くらいの用務員。小太りな体の両側に、満杯のゴミ袋を二つ持っていた。

「あー、いや、特に何も。怪しいことは……」

　柚乃は怪しさ爆発の答えをしどろもどろで返しそうになったが、

「おや、裏染君じゃないか」

　それより先に、用務員が裏染の姿を目に留めた。声の調子はとたんに陽気になった。

「どうも、室田《むろた》さん」

「この前の雨樋《あまどい》の破損、報告してくれて助かったよ。また何かあったらよろしくね」

「気をつけておきましょう」

「室田さん、その子と仲いいの？」

おばさんが尋ねると、室田と呼ばれた用務員は顔をほころばせる。

「まあね。裏染君、やたら校内に詳しくてさ。よく助けてもらうんだ。ほんと、自分の家のことみたいによく知ってるんだよ」

「ああなるほど、自分の家ね……」

「袴田妹、何か言いたげだな？」

「いえ、別に」

睨まれてしまった。用務員と親しい生徒というのは珍しいが、裏染にとってはマンションの管理人のような認識なのだろう。

「それはともかく室田さん、ちょうどいいところに来てくれました」

と、裏染はその管理人、もとい用務員に歩み寄る。

「ちょっとお聞きしたいんですが、今日、可燃ゴミの回収はありましたか？」

「うん。十一時くらいに一度、業者に渡したけど」

「十一時。昼休みより前ですね。学食で出た生ゴミなんかも含まれてましたか？」

「そりゃもちろん、可燃ゴミだからね」

「そうですか。やっぱりね。ありがとうございました」

裏染は丁寧に頭を下げ、ゴミ袋を置いた室田は「おかしなことを聞くな」と笑いながら去っていった。

それから裏染はどんぶりに目を戻し、ぼそりと独りごちる。

「いやな奴だな」

「いやな奴？　あの用務員さんが？」

「違う」

「じゃ、誰が」

「どんぶりを置いてった奴」

こちらへ戻ってきて、彼は日陰の壁に寄りかかった。

「いい話なのかもしれないが、俺は嫌いだな。いろんな意味で気に食わん」

「……えーと、ちょっと待ってください。犯人、わかったってことですか？」

早苗が改めて確認すると、裏染は手で顔に風を送りながら、素直にうなずいた。

「どんな奴が、どんな理由でこれを置いていったかはわかった」

「そ、そんな……」

そんな馬鹿な、という柚乃の一言も、背後の蟬の大合唱も、おばさんの「うっそだあ！」という大声に掻き消された。

「冗談でしょ、本当にわかったの？　こんなどんぶりから？」

「ところがどっこい、どんぶりってのは以外と底が深いですからね」

裏染は冗談のように言いながら、おばさんの横から学食内を覗く。昼休み終了が近いので、生徒はほとんど残っていない。何やらノートを広げて宿題を写し合っているらしい男子が一組と、先ほどの裏染のように、文庫本を読みながらそばを食べている眼鏡の女子——確か、図書委員長だ——が一人。おばさんの大声のせいで、全員ちらちらとこちらの様子をうかがっていた。

「うん、大丈夫だな。おばさん、たぶんこの犯人、昼休みが終わるまでに戻ってきますよ。で、どんぶりはちゃんと返却されます」

「終わるまでって……あと二十分もないけど。本当に？」

「たぶんね。でも犯人が来るのを待ってるだけじゃ契約違反ですから、一応こっちからも探してみましょう。ちょっとお灸《きゅう》を据えておきたいですしね」

裏染はポケットから携帯電話を出し、どこかに電話をかける。やがて口にされたのは、「あ、もしもし、香織《かおり》か？」という言葉だった。柚乃もよく知っている、新聞部の部長の名前だ。

「今どこだ。教室？　よし、ちょっと探してほしい奴がいるんだが……理由はあとだ、緊急なんだ。ああそうだ、メモ取れ。……いいか、身長一八〇センチ以下、痩せ型か中肉中背、短めの茶髪で左利きの男子。おそらく部活の役職に就いてて、今日その部でミーティングがある。最近彼女ができたらしい」

情報がさっきよりも増えている。役職？　ミーティング？　彼女？　どういう経緯を辿ればそんな単語に行きつくのか。

「学年はたぶん二年か三年だ。これでどうにか……え、似た奴を一人知ってる？」

さすがは顔の広い新聞部だ、調べるまでもなく該当者が出たらしい。

「茶髪でサウスポーでテニス部の部長？　彼女できたって噂？　誰だ……三年の北里《きたざと》？」

テニス部、と聞いた瞬間、柚乃は今の今まで記憶の隅に追いやっていたことを思い出した。

「……テニス部、たぶん今日ミーティングありますよ」

裏染は電話を耳から離し、こちらを見る。

「本当か」

「はい。裏染さんが来る前、テニス部っぽい男の子たちが『ミーティング始まってる！』って言って出ていったんです。三十分過ぎだったから、たぶん三十分からミーティングだったんじゃないかな」

「あー、そんなんあったねえ」

早苗も横でうなずく。

「もしもし、香織？……いや、もう調べなくていい。たぶんそいつだ。どうもありがとう。……え、お礼？　わかったわかった、食券もらったら分けてやるから」

それだけで裏染は電話を切った。おそらく相手のほうは、食券と言われてもなんのことやらわからないのでは。

「というわけで、ちょっとテニス部に行ってきます。おい行くぞ」

ぶっきらぼうに柚乃たちに声をかけ、裏染は日陰伝いに歩きだす。おばさんは狐につままれたような顔を窓から突き出し、彼を見送るしかなかった。

早苗と一緒についていこうとする直前、柚乃はもう一度トレーの上に目を落としてみた。

見当たらない箸も、残ったトンカツも。言われない限りは何も見るべきところのない、小汚いどんぶりがそこにはあった。

渡り廊下を通って、敷地の反対側にある運動部部室棟へ。さっきまでの静けさとは対照的に、校内は昼休み特有の喧騒に満ちていた。飲み物片手に友達と話している者もいれば、教室と教室をせわしなく行き来している者もいる。すれ違った演劇部の部長が、「いよっ」と威勢のいい挨拶を投げてくる。

そんな賑わいの間を縫う裏染の背中を追いながら、柚乃はふと気づいた。こうして普通に生徒の中に溶け込む彼を見るのは、ひょっとして初めてではないのか。

よかったよかった。部屋で寝ているだけじゃなくて、ちゃんと学園生活も送っているじゃないか。――安心してから、重ねて気づく。なぜ私がこんな心配しなきゃならんのか。

三棟連なる校舎を抜けると、部室棟が見えた。一階、二階と横一列にドアが並ぶアパート風の建物。壁のペンキは剝げかかっておりおんぼろそのものだ。先ほど用務員が言っていた雨樋の破損も、この建物についてのことだったかもしれない。

男子テニス部の部室は、柚乃たち女子卓球部の二つ隣にあった。時間は十二時五十五分。ちょうどミーティングが終わったらしく、二十人ほどの少年たちがぺちゃくちゃと喋りながら外に出てくるところだった。

目当ての人物は一番最後、顧問の教師よりもあとに姿を現し、部室のドアに鍵をかけた。

短めの茶髪に、日焼けして引き締まった体。背丈は平均的で一七〇センチかそこら。テニス用のバッグを背負い、左手に持ったペンで、部活用のファイルに事務事項か何かを書きつけていた。この手の男子にはありがちだが、髪型や体格とは裏腹に顔立ちはやや幼げで、どこかかわいらしさも感じた。

彼は最初、特に注意を払うこともなく柚乃たちの横を通り過ぎたが、

裏染が声をかけたとたん、驚いたように振り返った。

「北里先輩、トンカツはお嫌いですか」

「え……なに？」

声まで高くて中学生っぽい。動揺して上ずっただけだろうか。

「お気持ちはわかりますが、どんぶりを置きっ放しにするのはよくないですね。食べ物を粗末にするのもよくない。嘘をつくのはもっとよくない」

「な、な……」

「僕だったら正直に言いますね。そっちのほうがお互いのためです」

どういうわけかわからないが、それだけですべて見透かされていると悟ったらしい。北里は怯えたように後ずさり、ファイルを閉じると、

「ご、ごめんなさい……」

小声で見知らぬ下級生相手に頭を下げ、急ぎ足で去っていった。

一直線に、学食のほうへ向かって。

4

授業開始五分前のチャイムが鳴った。

学食の中に、もう自分たち以外の生徒は残っていない。宿題を写していた二人組はノートを閉じると走って出ていき、本を読んでいた図書委員長はごちそうさまでした、と律儀にお辞儀して自分の教室へ帰った。罪を告白しおばさんから大目玉をくらった北里も、ちょっと前にへとへとな様子のまま戻っていった。

柚乃たちは扇風機の風を浴びながら、おばさんがおごってくれたスプライトをコップに三等分して飲んでいる。おばさんはカウンターの内側でパート仲間と一緒に食器を洗っている。水音に混じって聞こえる、上機嫌な鼻歌。

「……にしても、どうしてわかったんですか」

きつめの炭酸を一口飲み、息をついてから、柚乃は裏染に尋ねた。

「まず、箸がなかったってとこが始まりだ。あの場になかったってことは、犯人が箸だけ持っていったってことだ。じゃ、それはどんな箸だ？　学食の箸で、それを返却口に返したのか？」

「お箸を返すなら、一緒にどんぶりも持っていくはずですよね」

先ほどの柚乃とのやりとりを繰り返す早苗。

「そう。だから、学食の箸とは考えにくい。じゃあ使い捨ての割り箸か？　いや、どんぶりを置いていくなら割り箸もその場に捨てていくだろう。そうなると、自分専用の箸を持ってたってことになる」

自分専用の箸。エコブームのこの時代、割り箸を嫌ってマイ箸を持ち歩く人も多いが、学食の箸は洗って使い回せるプラスチック製なのでその手の問題とは無縁だ。

だから、この学校の中で自分専用の箸といえば——

「お弁当の箸！」

早苗が叫んだ。

「そう。犯人は自分の弁当箱の箸で二色丼を食べたんだろう。そして箸を持ち帰った」

なるほど、箸が私物だったなら持ち帰るのも当然である。

「問題は、なぜそんなことをしたかだ。学食のカウンターにはセルフサービスの箸が何本もあるのに、なぜわざわざ弁当箱の箸を？」

「潔癖症でマイ箸以外使いたくなかったとか」

「潔癖症の人間はゴミ捨て場のそばで地べたに座って食事をとったりしない」

即座に否定されてしまった。続いて早苗が意見を出す。

「お弁当も一緒に食べたんじゃないですか？　で、食べ終えたけどお腹がもの足りなくて、追加の二色丼を買ったと」

「弁当を食べたとすると矛盾が生じる」

裏染はポケットから紙切れを取り出した。先ほどの半券だ。

「犯人が二色丼を買ったのは十二時十三分。昼休み開始の三分後だ。三分じゃ弁当を食べるには短すぎる。食べ足りなくなることを見越して先に食券を買ったとしても、追加メニューがソースカツと親子の二色丼の大盛りってのは重すぎだ」

テーブルに置かれた半券が、扇風機に煽《あお》られて柚乃たちのほうへ動いた。

「そもそも昼休み開始と同時に学食に走らなきゃ、こんなに早く食券を買うことはできないだろう。つまりこの半券から判断すると、犯人は弁当を食べていない。昼休みより前の時点で、なんらかの理由によって自分の弁当が食えなくなってたわけだ」

「なんらかの理由……家に忘れたとか」

「いいや。弁当箱と箸箱は普通ワンセットだ。逆ならまだしも、箸だけ持ってきて弁当本体を忘れるってのは考えづらい」

大抵の弁当箱はゴムバンドやバンダナで箸のケースを一緒に包んでいる。柚乃も弁当を家に忘れてきたことは何度かあるが、箸だけ持ってきた経験など一度もない。

忘れたのでないとすると、学校に来てから弁当に異変が生じたことになるが。

「あ、中身が傷んでたのかな。夏だし」

「ありえる。だが普通、弁当箱を開けるのは昼休みに入ってからだ。昼休み前に中身の異常に気づく機会があるとすれば……」

「早弁するときだ！　あたしもよくやります」

「あんたはもうちょっと控えたほうがいいよ……」

「早苗《さ》の早《はや》は早弁の早だから」

「裏染さん、話を続けてください」

「早弁だとしたら、人に隠れるようにして二色丼を食べた理由は？　わざわざ弁当用の箸を使った理由は？　カツを丸ごと残し、食べ終わったあとでソースをかけたのはなぜだ？」

「………」

柚乃と早苗は答えられず、顔を見合わせた。裏染はコップを傾けながら教師のようにうなずく。

「単なる早弁じゃ説明がつかないことが多すぎる。それ以外だと仮定して進めてみよう。早弁を除くとすれば、昼休みより前に弁当箱を開ける機会はない。なのに犯人は、昼休み前の時点で弁当の中身がだめになったことを知っていた。とすると、自発的にだめにしたってことになる」

自発的にだめにする？　話が進めば進むほど、謎がグレードアップしていく気がする。

「自発的に食えなくしたってことは、つまり、自分で弁当の中身を捨てたわけだ。人はどういうときに食べ物を捨てる？」

「……お腹がいっぱいのとき？」

「だが犯人は、二色丼を注文してほとんど食べきってる。腹がいっぱいだったわけじゃない」

早苗の案は今度も却下された。満腹以外で食べ物を捨てるとなると、

「……嫌いな食べ物だったとき?」

「そうだ」

裏染は、こちらへコップを向けた。中身はすでに空になっている。

「弁当の中身は、隅から隅まで犯人が大嫌いなメニューで埋め尽くされてた。だから、そいつは昼休み前に弁当の中身を全部捨てた」

弁当を食べられなかったのは、嫌いなおかずだったから。言われてみれば、ごく当たり前の発想だった。

「だが、なぜ弁当に嫌いなものが入ってたんだ? 自分や、自分をよく知る家族が作ったなら、好き嫌いを把握してないわけがない。てことは問題の弁当は、そいつをよく知らない人間が作ったんだろう。学校の中で、弁当を自分のことをあまり知らない人間に作ってもらう。それは、どういうシチュエーションだ?」

おかずを分けてもらう、などというレベルではない。昼食そのものを誰かに作ってもらう。この風ヶ丘高校の中で。

それは、それはまるで――

「「彼女に作ってもらった、とか?」」

二人の少女は声をそろえた。裏染は、もう一度うなずく。

「憎たらしいことにどうやらそうらしい。ある男が、つきあい始めたばかりの彼女に弁当を作

ってもらったとする。朝、それを渡されるとき、一緒にメニューも知らされた。偶然にも、それは男が大嫌いなものだった」

彼は悩んだだろう。せっかく作ってもらったのに、嫌いだからと返すわけにもいかない。しかし、食べることもできない。

「そこで男は、食べたことにしてごまかそうと考えた。午前中の休み時間を利用し、彼女に隠れて弁当の中身を捨て、昼休みが始まるとすぐ学食へ行く。二色丼を買い、誰にも見つからないよう学食の裏でこっそり食べる。彼女にもらった弁当箱についてた箸を使い、そして、自分で頼んだカツを食べずに残し、最後にソースをかけた」

「……後半、意味わからん行動ですね」

と早苗。確かに、彼女にもらった弁当を捨てて、代わりに学食で食べたというのは納得できる。だが、やはりわざわざ弁当用の箸を使ったことや、カツを残して最後にソースをかけたことの意図はわからない。

「いいや、理由は見当がつく」

「見当なんてつきませんよ。だいたい、残すなら最初から頼む必要が……」

「箸を汚すためだよ」

柚乃と早苗は押し黙った。カウンターの向こうでおばさんたちが食器を洗う音と、扇風機の回る音だけが食堂内を支配した。

やがて柚乃は、「え?」と聞き返す。

「男はゴミ捨て場――おそらくこの裏手の集積所だろう。他の場所に生ゴミが捨ててあったら目立つからな――そこに弁当の中身を捨てた。丸ごと捨てるんだから、容器ごとひっくり返して二、三度揺すればこと足りただろう。昼は学食で済ませて、彼女にはちゃんと弁当を食べたフリをして弁当箱を返す……はずだったが、ここである問題が生まれた。箸が綺麗なままだった」

弁当を食べれば、当然箸は汚れる。油や調味料、食べかすがくっつく。

「おそらく彼女には、洗って返さなくてもいいとか言われてたんだろうな。食べたと装うためには、箸に汚れをつける必要がある。慌てて集積所に戻ったが、可燃ゴミは十一時に一度回収されてた。そこで犯人は、どういう行動を取るか？　三つ考えられる」

裏染は言葉に合わせて、テーブルの上にコップを並べた。

「一つ、箸が綺麗なことなど気づかれないだろうと高《たか》をくくり、そのまま弁当箱を返す。
二つ、弁当箱と箸をどこかで洗い、やっぱり気を利かせて洗っといたよ、と言って返す。
三つ、どこかで弁当と同じメニューを手に入れ、それに箸をつけて偽装する」

三つ目の方法は、いくらなんでも面倒くさすぎる。普通なら、そんなことはしないだろう。

だが――

「加えて犯人は、学食で腹を満たす必要があった」

コップの隣に学食の半券が並べられた。

二色丼。好きな丼ものを一つと、さらにもう一色選べる、お得などんぶり。

「二色丼を頼めば問題は一気に解決する。自分が好きな親子丼と、嫌いなソースカツ丼を半分ずつ頼み、カツのほうは一度、空の弁当箱の中によけておく。食事を終えたあとそれをどんぶりに戻し、ソースをかけ、よくねぶったあとの箸でつつき回して、ソースやらカツの衣やらキャベツのかすやらをくっつける。箸を箸箱に戻せば偽装は完璧だ。……かなり行儀の悪いやり方だがな」

裏染は眉をしかめた。気に喰わないと言っていたのは、これが理由か。

早苗が食い入るように、

「じゃ、彼女さんが作ったお弁当のメニューは、ソースカツ丼？」

「もしくは単純にトンカツだ。彼女を責めることはできないな」

「そうですね。この世にトンカツが嫌いな男子高校生がいるなんて信じられません」

「そうでもない」

まるで当事者のような言い方だ。裏染さんも嫌いなんですか、と柚乃が尋ねると、

「油っこいだろ」

「老人ですか……」

「いやー、でもすごいですよ。確かに早弁よりそっちのほうが納得いきますね」

早苗は呑気《のんき》に、椅子の後ろ脚でバランスを取った。

「そうだな。弁当用の箸を使ったりカツを残したりしたこととの辻褄《つじつま》を考えるなら、この時点で他の可能性は消える。だから、犯人には最近できたばかりの、自分のことをよく知らない彼

女がいたってことになる」

電話で言っていた「最近彼女ができたらしい」というのは、こういうわけか。うんうんとうなずいてから、しかし柚乃は、さらなる疑問を見つける。

「……でも他の、部活の役職とかミーティングとかは、どうしてわかったんですか？」

「彼女を騙すためにあそこで二色丼を食ったとしても、そもそも根本的な問題が残るだろ。なぜ犯人はどんぶりを置いていったんだ？　学食はすぐ近くだし、持ち出し禁止にされる危険も大いにあるのに」

「あ、そういえば」

大もとがまだ解決されていない。

「だが、学食で食事してる姿を彼女に見られたくなかったと考えれば、それもすぐ理由が割れる。男は食事と偽装を終え、学食にどんぶりを返却しようとした。でもそれはできなかった。……学食に、彼女がいたからだよ」

――えー、それは完全につきあってることになるでしょ。自信持ちなよ。

――そ、そうかな。でも、学校じゃあんまり話せないし……。

柚乃の頭の中で、三十分ほど前に漏れ聞いた会話が再生された。学食で、新しくできた恋人について話していた三人。目が合って、顔を赤らめた長い髪の少女。

ひょっとしたら、あの人が――

「裏で二色丼を食べてる間に、彼女が学食に入ってきた。だから、犯人はどんぶりが返却できず、泣く泣く置いていくしかなかったわけだ」

早苗はガタリと椅子を戻し、また首をひねる。

「けど、それなら彼女が出ていくまで待ってればよかったのに」

「そう、問題はそこだ」

「どこですか」

「マリネラの国王みたいなギャグを言うな。いいか、どんぶりが見つかった時点で昼休みはまだ三十分近く残ってたが、犯人は待ちきれず立ち去っていた。見つかれば学校全体で持ち出し禁止にされるとわかってるはずなのにだ。なぜか？　当然、どうしても外せない用事があったわけだ。犯人はそこに行く必要があった。だから、どんぶりを返せなかった。

じゃ、その用事とは？　生徒が昼休み中に行く外せない用事なんて、授業の補習とか、委員会の会合とか、部活のミーティングぐらいしかない」

裏染は出入口の向こうの校舎へ目をやり、

「校舎内なら、どんぶりを隠す場所はいくらでもある。だから、狭い上に他の部屋に勝手に入ることができなくて、隠し場所のない部室棟に向かったんだろうと考えた。てことは、犯人が行かなきゃならなかったのは部活のミーティングだ」

「あたしなら、ミーティングなんてサボるけどなあ」

「そりゃ、あんただけ……いや、私もそんな状況ならサボるかな」

「だが、犯人はサボらなかった。ミーティングの場に絶対必要な人間だったからだ。つまり、部内でなんらかの役職に就いてるってことになる」

部活の役職に就いていて、今日ミーティングがある。最近彼女ができたらしい。ようやくすべてが出そろった。そして実際に、テニス部の北里という該当者は見つかった。

柚乃は窓の外を見やる。電話の前に裏染は、窓から学食の中を覗いていた。あの、恋人について話していた三人娘がいなくなったことを確認していたのかもしれない。彼女が消えれば食器も返却できる。だから裏染は、犯人は昼休み終了前に戻ってくる、とおばさんに請け合った。

「……あんなどんぶりから、よくわかりましたね」

最初に自分が依頼したということも忘れて、柚乃は裏染に言う。

「ま、何一つ確かじゃなかったけどな。どんぶりで掬《すく》ったみたいな大雑把《おおざっぱ》な推理だ。どんぶり勘定ならぬどんぶり推理だな」

大して上手くないジョークに鐘を送るように、再び短いチャイムが鳴った。一分前の予鈴である。そろそろ教室に戻らないとまずい。

お待たせ、と、カウンターからおばさんが出てくる。

「はい、食券二十枚。言われたとおり全部ハーフの素うどんにしちゃったけど、本当にいいの？」

「ええ、ここの素うどんは絶品ですからね」

「やっだ、もう！」

バシリと勢いよく背中を叩かれ、裏染はそのまま出口のほうに飛んでいった。ビニール袋を連想させる貧弱さだ。

「じゃ、本当にありがとね。助かったわ。また、返却し忘れが出たらよろしく」

「二度もやりたかないですよ、こんなこと」

快活な笑顔に見送られ、三人はアットホームな学食をあとにする。廊下には他にも何人か、慌てて第一校舎のほうへ戻っていく生徒の姿があった。やかましい蟬の声が、後ろから彼らを急《せ》かしているかのようだった。

柚乃も急ぎたかったのだが、裏染は遅刻してもかまうもんかといったふうで、あくまでマイペースに歩を進める。

「結局あたしら、のろけたカップルに振り回されたってわけですね」

早苗がぼやいた。

「別に、のろけちゃいないでしょ」

「のろけてるよ。彼女がお弁当作ってあげて彼氏は好き嫌いがあることを隠そうとしたとか、何か手探りっぽくて初々しくてああけしからん！」

「素直にうらやましいって言いなよ」

「うらやましいな」

なぜか裏染が答える。

「いや、裏染さんじゃなくて……っていうか裏染さんも、そういうのうらやましいと思うんですか」

顔を覗き込むようにして問うと、彼は黒い瞳を明後日《あさって》の方向へやってから「うらやましくない」とつぶやいた。どっちだよ。

学食で食事をとり、生徒の中に溶け込み、ときにはクラスメイトから声をかけられ、彼女持ちへ露骨にジェラシーを燃やし。

自分たちと同じ学園生活を送る裏染。

意外と普通の人で、気張る必要などないのかもしれない。また暇ができたら部室へ遊びに行ってやろうかと、柚乃はなんとなく考える。

「何にしろ、恋人の手作り弁当なんて貴重な品を台無しにしたのは北里が悪いな。あいつは猛省すべきだ」

裏染は、名指しでテニス部部長を批判した。「気に喰わない」と言っていたのには、行儀の悪さ以外にも理由があったようだ。ですよねー、と早苗も同意する。

「いくら嫌いなものでも、手作りのお弁当捨てるなんて最低ですよ」

「でも、彼女さんを傷つけないように気を遣ったのかもよ」

「だとしても、嘘で塗り固める関係なんて俺はごめんだな。隠し事したってこじらせるだけだろ」

ボリューム満点のカツを弁当に入れ続ける彼女と、それをごまかし続ける彼氏。

「……確かに、ちょっと愛が重いですね」

「だろう?」

裏染はもらった素うどんの食券を数えつつ、言った。

「恋も食事も、軽いぐらいでちょうどいいんだ」

五時間目の開始を告げる本鈴が、静かな校舎を包み込んだ。

風ヶ丘五十円玉祭りの謎

The Adventure of the Summer Festival

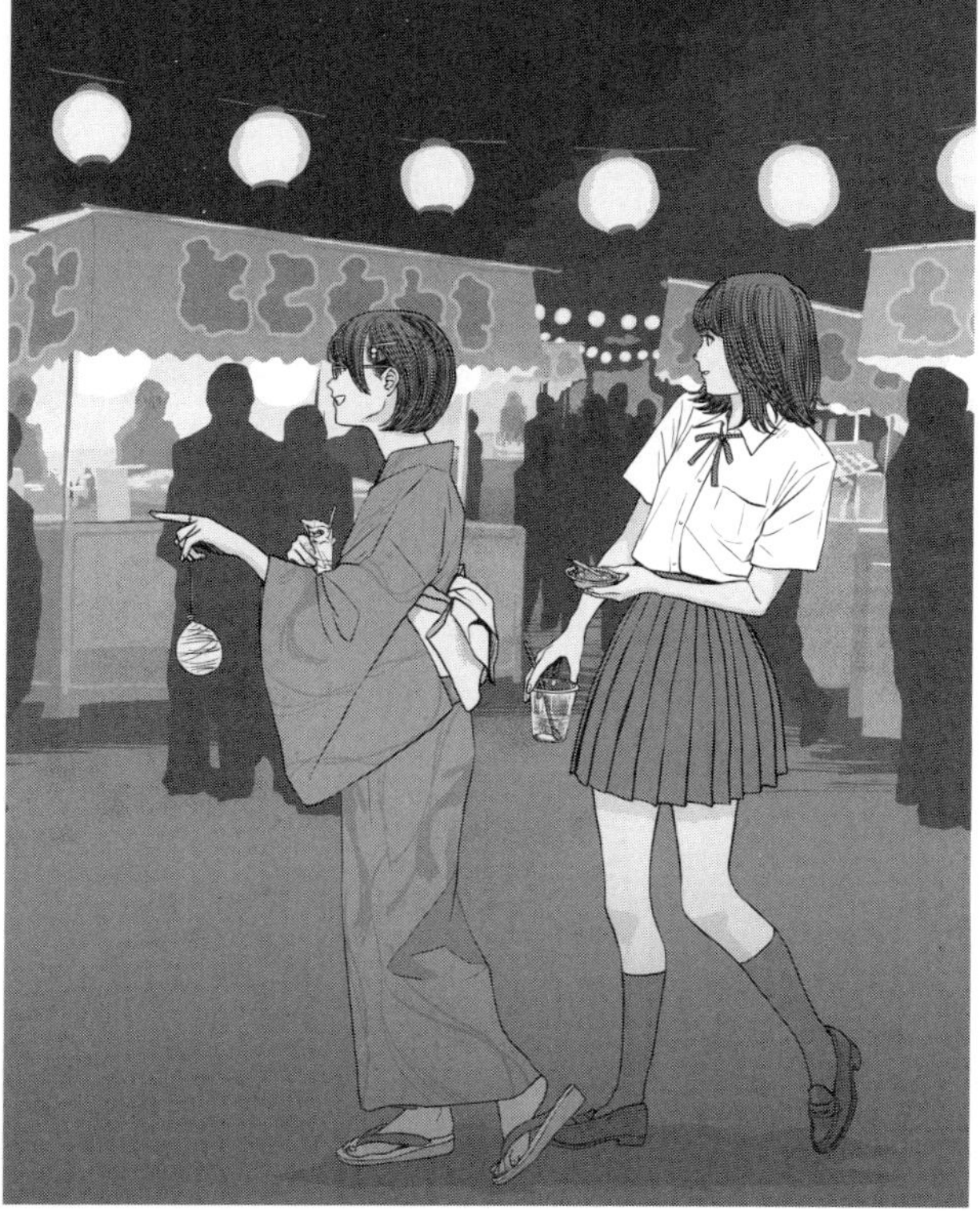

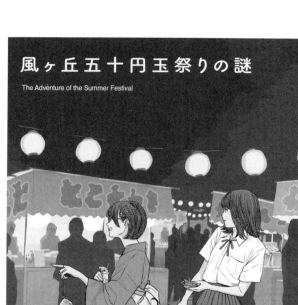

1

鳥居をくぐって最初に目に入ったのは、丸っこい形の提灯《ちょうちん》だった。勘亭流の太文字で〈凪ヶ丘〉と町の名前が記してある。その次には〈納涼〉、またその次には シンプルに〈祭〉。境内中に吊り下げられた風流な照明は、やぐらのほうから太鼓の音が響くたび小刻みに震え、赤や白の仄《ほの》かな光が木々の影を揺らめかせる。

行き交う人々が手に持っているのは団扇《うちわ》にわたあめ、焼きとうもろこし、ヨーヨー、ラムネに小さな金魚。お面屋の前では幼児がだだをこね、射的の店では目ざとい店主が線をはみ出るなと注意を飛ばす。くじ引き屋にはレアカード目当ての小学生男子が集まり、かき氷の旗の下《もと》には暑さを凌《しの》ごうと長蛇の列ができていた。どこもかしこも景気は良好らしく、左右を屋台に挟まれた道はまっすぐ歩くことさえおぼつかない。

「意外と賑わってるんだな」

人ごみを縫って進みながら、兄が言った。

「神社の祭りっていうから、もっとちゃちかと思ってたけど……社務所はどこだ？」

「たぶんあっちかな」

柚乃はうろ覚えの指先を、焼きそば屋の煙のさらに奥へと向けてやる。

「お前、来たことあるのか」

「学校の帰りに、何度か寄り道で」

とはいえ今宵《こよい》の神社は、柚乃のよく知る寂《さび》れた休憩スポットとは何もかも異なっていた。提灯の頼りない光と何十軒もの出店《でみせ》によって作られた迷路、そして何より祭りの活気のせいで、小学校の校庭よりやや小さめという程度の敷地が、いつもより何倍も広く思えた。

風ヶ丘駅のほど近く、寝入《ねいり》神社で毎年開かれる夏祭り。

兄の言葉どおり予想外の盛況ぶりで、自分の町内の安っぽい盆踊り大会とは大違いである。もっと何年も前から知っていればと少し後悔するほどだった。柚乃の住んでいる町と風ヶ丘とは二駅分離れており、高校に通い始めるまではこうした地域の行事へ気軽に足を運べる機会はなかった。

いや、そもそも今年だって初めは来るつもりなどなかったのだ。居間のソファーで部活帰りの体を休めていると、年の離れた兄が声をかけてきて、どうせ暇だしと腰を上げたのである。

「で、これ、誰に差し入れするの？」

柚乃は、ポロシャツ姿の兄が肩に下げているクーラーバッグを軽く叩いた。中に入っているのは細長い缶ジュースの詰め合わせ。もらったお中元の使い回しだ。

「保土ケ谷《ほどがや》署の人たち。祭りの警備に協力してるらしいんだ。体育館の事件でいろいろ世話になったから、一言お礼をしとけって仙堂《せんどう》さんが」

「ああ、なるほどね……」

急に差し入れしに行こうだなんて、祭りの関係者の中に懇意の女性でもできたのかと勘ぐっていたが、刑事としての仕事つながり（しかも上司命令）だったか。

「でもジュースって、ちょっと子どもっぽくない？　お酒とかのほうがいいんじゃ」

「仕事中の警官に酒なんて飲ませられるかよ、こういうのは気持ちが大事だからいいの。とにかく、みんな社務所に詰めてるはずだからまずそこに行かないと」

「道のりは険しそうだけど……あ」

進行方向の混雑具合を嘆《なげ》いた柚乃は、その中に好物の看板を見つけた。ねじりはちまきを巻いた真っ赤なたこが、扇子を広げて〈特製！〉と謳《うた》っている。

「ちょっと待ってて」

「なんだよ」

「たこ焼き買う。お腹空いてるから」

「え？……ったく、子どもっぽいのはどっちだよ」

あきれる兄にはかまわず、たこ焼きの屋台に駆け寄った。店主はまさしくたこ焼きを焼くために生まれてきたかのような見事な禿げ頭だった。順番待ちの間に値段を確認すると、六個入りで三百円と書いてある。

「一つください」

「あいよ、三百円ね」

六個で三百円。安いような高いような。コストパフォーマンスが気になるところだったが、差し出されたパックから漂うソースとかつおぶしの匂いが鼻をくすぐって、すぐにまあいいかと思い直した。祭りで買うものにはその場の雰囲気代も含まれている、と言ったのはどこの誰だったろうか。

百円玉が足りなかったので、財布から五百円玉を出して渡した。店主は「二百円のお釣りね」と釣り銭を返してきた。客と商売人との間で幾度となく繰り返されてきた、ごく当たり前のやりとり。

「……あれ？」

ところが手のひらに硬貨が載せられた瞬間、柚乃はほんのわずかな違和感を覚えた。返ってきたお釣りは、きっかり二百円——ただし二枚の百円玉ではなく、四枚の五十円玉だった。

2

はっぴ姿の男たちが祭囃子《まつりばやし》を奏でるやぐらを通り過ぎ、落とし物の預り所として設けられたテントや仮設トイレをさらに奥へ進むと、ようやく人が少なくなった。寝入神社の社務所は、黒いシルエットに包まれた拝殿と本殿——聞いた話によると、狸《たぬき》が祀《まつ》ってあるそうだ——の横手にあった。

神主《かんぬし》一家の住居も兼ねているらしく、神社らしい装飾性に欠ける二階建ての地味な家屋である。提灯と比べるとだいぶ生活感のある蛍光灯の光が、開け放たれた引き戸の玄関から漏れていた。

「じゃあ渡してくるけど、お前も一緒に来るか？」

柚乃はもちろん首を横に振り、「外で待ってる」と答えた。保土ケ谷署の中には確かに面識のある者もいるが、警備の詰所にまで自分が行くのはさすがに場違いだろう。

社務所へ入る兄を見送ってから、玄関脇の壁に寄りかかって一息ついた。おもむろにさっき買ったたこ焼きの蓋を開ける。人ごみの中ではぶつかるのが怖くて食べられなかったのだ。かつおぶしはもう躍っていないが、温かさは充分残っていた。

「いただきます」と小声で言い、端の一つに爪楊枝《ようじ》を刺し一口で食べた。濃厚なソースとマヨネーズ、少し遅れて紅しょうがの風味。ごくごく普通のたこ焼きで特筆するほどおいしいわけではなかったが、それは逆に言えば、祭囃子を聞き夜風を体に浴びながらのんびり食べるのに最適な味だった。最後までしぶとく口に残った大きなたこを咀嚼《そしゃく》しつつ、柚乃は屋台の間を行き交う人々を眺めた。

浴衣を着て髪をかわいくまとめた気合の感じられる者もいれば、部屋着でそのまま来ましたとでも言わんばかりのラフな服装の者もいる。部活から帰ってすぐ、気まぐれで兄についてきた柚乃はといえば、前者にも後者にも当てはまらない制服姿である。練習のあとに部室棟でシャワーを浴びたので汗はあまり気にならないが、周りにそぐわぬちぐはぐな恰好がまた後悔の種になった。押し入れの奥で埃《ほこり》をかぶっている浴衣を引っ張り出すべきだったか。いやまあ、あの兄と来ているなら気合も何もないか——

「兄ちゃん」

そんなことを考えていたとき、社務所の中から声が聞こえた。

玄関を覗くと、廊下に小学校高学年くらいの男の子が立っていた。度の強そうな眼鏡をかけた少年で、指にこびりついた泥のような汚れをティッシュで拭っていた。右のほうからもう一人、スポーツ刈りににきび面の背の高い少年が出てくる。似ていないが、二人はどうやら兄弟のようだ。

「兄ちゃん、取ってきた？」

「時計から抜いてきた。他のはどうだった？」

「他は大丈夫。一本だけ、赤いほうじゃないとだめなのがあったけど」

「別にいいよ、携帯よりはましだろ……ほら、行くぞ」

柚乃の視線に気づくと、兄が慌てたように弟の背を押し、二人は廊下の奥へ消えていった。入れ替わりで、すぐ横のふすまからはっぴを羽織った老人が出てくる。

「お嬢ちゃん、何か用かい」

「あ、いえ」

戸が開け放たれているとはいえ、覗きはあまりいい趣味じゃない。気恥ずかしく笑い、すぐに顔を外のほうへ逸らし――そして柚乃は、短い悲鳴を上げそうになった。

自分の立っている位置のすぐ横、庭に設けられた水道の向こう側に、ぼんやりと人の顔が浮かんでいた。少年の顔だ。生気のない二重まぶたの奥で、淀《よど》んだ真っ黒な瞳がこちらへ向けられている。不ぞろいに伸びた前髪と、提灯に照らされ不気味な陰影のついた青白い肌。

一瞬、神社に取り憑《つ》く幽霊かと思ったが、よくよく見ると黒っぽいTシャツとズボンを着ているだけで、ちゃんと首から下が存在した。顔にも見覚えがあった。主に高校の、文化部部室棟の、散らかりまくった一室などで。

「う、裏染さん……何やってんですか」

柚乃がおそるおそる尋ねると、裏染天馬は左手に持ったカップを持ち上げた。

「かき氷を食べてる」

「それは見ればわかりますよ！　なんでここに？　ていうか、いつからここに？」

「お前が『たこ焼き買うからちょっと待ってて』って兄貴に頼み込んでたころからだ」

「そんな前から……いや、なんで知ってるんですか！　見てたんですか？」

「別に見ちゃいないが」

先ほどの柚乃と同じく壁に背をつけたまま、裏染は氷をかき混ぜる。

「お前は兄貴と一緒にここに来た。兄貴はクーラーバッグを持って中に入っていった。差し入れか何かだろうが、あれだけの荷物を持って呑気《のんき》に祭りを回ってちゃ骨が折れる。神社に入ってすぐここを目指したはずだ。だがお前はちゃっかりたこ焼きを持ってる。なら途中で無理やり待たせて買ったに決まってる」

静かな声で言い終えると、彼は口にストロー型のスプーンを運んだ。兄が社務所に入るところを見ていたということは、本当にずっと隣にいたのか。

「……裏染さんもお祭りに？」

「そうだよ。なんか文句あるか」

文句はないが信じ難かった。柚乃の知る限り、この男は風ヶ丘でもっともお祭りが似合わない人間である。現に今だってこんな隅っこに一人でいるし、つまらなそうな顔でかき氷を食べているし。

絶え間なくつつき回される氷の山は、ほとんど溶けて水っぽくなっているようだった。シロップは緑色だが、メロン味にしてはやや色が薄い気がする。

「そのシロップ、なんの味ですか。セロリ？」

「そんな健康志向な味があってたまるか。これはラムネだ」

「ラムネ……ブルーハワイとは違うんですか」

「ブルーハワイより人工的な味がして美味い」

「ブルーハワイより人工的な味なんてものがこの世にあるのか。

「よくわかんないですけど、ラムネ味ならおいしそうですね」

「やらないぞ」

「もらいませんよ。どこで買ったんですか」

「やぐらのほうの一番端の屋台。だが買うのもおすすめしないな、どうも変な店だったから」

冷たさが頭に響いたらしく、裏染はこめかみを指で揉んだ。

「かき氷は一杯二百円でな、細かいのがなかったから五百円玉で払ったんだ。そしたらなんだか知らんが、五十円玉ばっかり六枚も返してきやがった」

「え？」

柚乃は思わず、最後のたこ焼きを取り落としそうになった。五十円玉ばかりのお釣り。どこかで聞いたような話である。

「変ですね。私もさっき……」

「は、か、ま、だ、さーん！」

言おうとしたとき、社務所の玄関から飛んできた何かに、猛烈な勢いで抱きすくめられた。胸元を見ると、顔を輝かせた背の低い少女と目が合った。

長い黒髪が左耳の後ろで一つにまとめられ、肩の前へと垂らされている。ヘアゴムについたラメ入りの飾りは八分音符の形をしており、提灯の灯《あか》りを反射して瞬《またた》いていた。幼げながらもバランスの取れた綺麗な顔立ちをしており、誘うようにこちらを見つめる二重まぶただけが、不思議な妖艶《ようえん》さを感じさせた。

この子は確か、

「きょ、鏡華《きょうか》ちゃん……？」

「まあ、覚えていてくださったんですか？　ありがとうございます！」

裏染鏡華はますます嬉しがり、柚乃の胸に頰ずりしてきた。膨らみが貧しいせいで摩擦がダイレクトに伝わってくるのが悲しいところだった。

裏染天馬の妹である彼女と出会ったのは十日ほど前、水族館の事件に巻き込まれている最中のことである。話した時間は短かったので、柚乃が彼女に関して知っている情報は数えるほどしかない。名門・緋天《ひてん》学園の中等部に通う三年生であることと、兄と違って言葉遣いが礼儀正しいこと。そして、この妙な積極性。

「お久しぶりです。お元気でしたか？　制服姿でお祭りとは趣《おもむき》深くて大変けっこうですね、変わりなくお美しいようで何よりです。まさかこんなところで袴田さんにお会いできるとは夢にも思っていませんでした。ああ、今日はいい日です！」

「う、うん。よかったね……」

「おー、柚乃ちゃん久しぶり」

さらに後ろからもう一人、ショートヘアの少女が出てきた。髪を留めるのに使っているヘアピンはいつもの赤いものではなく、小さな花のくす玉がついたかんざしタイプだったが、レッドフレームの眼鏡とお気楽な挨拶はいつもどおりだ。

「香織さんまで……なんで社務所に？　また取材ですか」

「いやいや、今日は部活じゃなくて遊びに来ただけで」

「部活も遊びみたいなもんだろ、お前の場合」

「そんなことないよ、最近は真面目にやってますよ！」

新聞部のワンマン部長・向坂《さきさか》香織は、幼なじみである裏染に反論した。

「ここの神主さんと私の父上がちょっとした知り合いでして、来たついでに差し入れをと」

ようやく胸から顔を離し、鏡華が説明した。離れて初めて気づいたが、彼女は深紫の紫陽花《あじさい》柄の浴衣に身を包んでいた。香織のほうも浴衣姿で、金魚をあしらったよく目立つ鮮やかな赤に、帯は毬《まり》の模様が描かれた黄色。どちらも先ほどの分類でいうところの、夏の夜のムード溢れる前者であり、また無意味に居心地悪さを覚えてしまう。

「……でも、これでどうして裏染さんがいるのかわかりました」

柚乃は、黙々とかき氷を食べ続ける裏染のほうを見た。「そうそう」と香織がうなずく。

「あたしが連れてきたの。ずーっと部屋で寝てるから見るに見かねて」

「本当は私と香織さんだけの予定だったのに、香織さんたら余計なことを……」

鏡華は小声で恨み言をつぶやき、それから態度を一変させ、

「ところで、袴田さんはお一人ですか？　もしよろしければ私たちと回りません？」

「あっ、いいねいいね。これから本格的に回りまくろうとしてたからさ、柚乃ちゃんも一緒に行こうよ」

「いいんですか？　あ、でも私、一応兄さんと回るはずだったから、一声かけてからじゃないと」

「兄さん？　あ、兄上とお祭りを⁉」

裏染と柚乃を交互に見て、鏡華は信じられないという顔をする。

「いや、そうじゃなくて私の兄さん。十歳くらい離れてるんだけど」

「ああ、ご自分の……。年の離れたお兄様とは、これは思わぬ強敵が現れましたね」

「あなたは何を言っているの」

「いやー、待たせた待たせた」

玄関のほうから声がして、折よく兄が戻ってきた。クーラーバッグが平たくなった代わりに、手にはプラスチックのパックを持っていた。

「なんか署員たちが宴会状態でさあ、引き止められちゃって……あれ、向坂さんに裏染君？　奇遇だなあ」

顔見知りの高校生二人へ、香織にも増して気の抜けた挨拶をする。鏡華はそんな彼を見定めるかのように腰に手を当て、はん、と鼻を鳴らした。

「この方ですか、袴田さんのお兄様というのは。顔はまあまあですが雰囲気が冴えませんね。寝取れない気がしません」

「え、なんだこの子！　なんかいきなり失礼だな！」

「頭がお花畑なんです。気にしないでやってください」

「ちょっと！　また兄上はそうやって勝手に私の印象を……」

兄妹喧嘩が始まりかけたが、社務所の中からさらにかけられた「鏡華ちゃん」という声で妹は静止した。見ると、先ほどのはっぴを着た老人である。

「よかった、まだそこにいたのかい。ちょっと手伝ってくれないかなあ。向坂さんも……」

「はいはーい、お安いご用で。行こ、鏡華ちゃん」

「あ、はい……では袴田さん、あとで一緒に回りましょうね。約束ですからね」

柚乃の手を取り念押ししてから、鏡華と香織は社務所の中へ戻っていった。玄関先には柚乃と兄と、そして裏染が残った。

わずかな間を突いて、やぐらのほうから篠笛《しのぶえ》のひょうきんな音色が聞こえた。

「それにしても、君までお祭りに来てるとは意外だな」

「兄妹そろって余計なお世話です」

うんざりしたように言いながら、裏染は氷の攪拌《かくはん》を続ける。柚乃はといえば、兄の持っているパックを気にしていた。

「兄さん、それ焼き鳥?」

「ああ。差し入れしたら、逆にもらっちゃって……」

「食べたい。超食べたい」

「はいはい、言われなくても分けてやるってば……あ、そういや、この焼き鳥が変な話でさあ」

パックの輪ゴムを外そうとしたところで、兄はクスクスと思い出し笑いした。

「これ、署員がここの屋台で買ったものなんだけどな。一本五十円のを十本買って、千円札で払ったんだってさ。そしたらお釣りの五百円が、なんと五十円玉十枚で返ってきたっていうんだから……」

「え？」

「え？」

柚乃はまた聞き返してしまった。裏染もラムネ味のジュースと化したかき氷から顔を上げた。最後に兄も、二人の顔を交互に見やって「え？」と口にした。

3

「どういうことでしょうね」

「俺が知るかよ」

裏染はかぶりを振った。背は、まだ社務所の壁にもたれたままである。

「偶然とか……」

「んなわけあるか」

「ですよね」

偶然のわけがない。

たこ焼き屋では、二百円のお釣りが五十円玉四枚で返ってきた。かき氷屋では三百円が五十円玉六枚で、そして焼き鳥屋では、五百円が五十円玉十枚で。一度だけならまだしも別々の店で三度、見事に五十円玉だけ使ってお釣りを返してくるなんて、祭りぐるみで故意にやっているとしか考えられない。

もっとも、別に釣り銭の金額が変化しているわけでもなく、計算上では公正そのもののやりとりなのだが――それだけに、なぜわざわざ五十円玉で？　という疑問が頭にひっかかって離れなかった。

「ま、この祭りは代々、そういう決まりでもあるんじゃねえの」

「屋台のお釣りを全部五十円玉で返す決まりですか……。わけわかんなすぎますよ」

「祭りの約束事なんてわけがわかるほうが珍しいだろ。アレだよ、ご縁があるようにって五十円玉を渡してんだよ。本物の五円玉じゃさすがに釣り銭にしにくいからな」

「いや、ここ別に縁結びの神社とかじゃないし」

納得いかぬまま、柚乃は正肉の串を一口齧《かじ》った。甘いタレと軟らかなもも肉に、炭火焼きならではの仄かな焦げがほどよく絡む。お祭り補正いらずのおいしさである。

結局焼き鳥は、パックごと柚乃の手に渡されていた。香織たちと祭りを回るつもりだと告げると、兄は露骨に悲しがったあと、警備に協力するからと言って保土ケ谷署員たちのもとへ戻っていってしまったのだ。

「その焼き鳥、半分くれよ」

自分のかき氷はくれなかったくせに、裏染ががめつく言ってくる。

「いやですよ、私がもらったんだから」

「一人で十本も食う気かよ、小食の設定はどこに行った」

「お祭りは別腹です。部活のあとだからお腹空いてるし……ていうか、なんで小食とか知ってるんですか」

「学食で会ったときにハーフサイズのうどん食ってただろうが」

「へ、変なとこばっかり見てますね」

当の変人は気にする様子もなく、「そうだ、じゃあこうしよう」と指を一本立てる。

「五十円玉の謎を解いてやるから、焼き鳥半分よこせ。ギブアンドテイクだ」

「え……解けるんですか？」

「楽勝だ」

自信満々でうなずかれた。今の今まで「知るかよ」と言っていたのに？

相変わらずどこまで本気かわからない言動だが、焼き鳥五本でこの疑問が解消するならお得な契約かもしれない。そもそも焼き鳥は無料でゲットしたものだし、確かに一人で十本も食べきるのはきついし。

「……できるなら」

お願いします、と続ける代わりに、柚乃はプラスチックのパックを差し出した。

「よしわかった」

裏染はパリパリに焼けた鶏皮を一本受け取り、太鼓が響くやぐらのほうへ向かって歩きだした。浴衣姿の人々にぶつかるのもかまわず一直線に進んでゆく。普段のふらつくような足取りとは違い、はっきりと目的を持った歩き方だった。

このごく短い間で、すでに何か思い当たったのかもしれない。生活と趣味においては駄目人間でも、とにかく推理力だけは信頼できる男である。背後の祭囃子と一緒になんだか好奇心も高まって、裏染を追う柚乃の足は自然と速まった。

この夏祭りの中、五十円玉にまつわる謎を、彼はどう解いてみせるのだろうか。

人ごみを突っ切ると、目の前に現れたのは由緒正しき〈氷〉の一文字が躍るかき氷屋だった。ちょうど氷を入れ換えているところらしく、客足は途絶えていた。さっき「やぐらのほうの一番端の屋台」と言っていたので、裏染がラムネ味のかき氷を購入したのはこの店なのだろう。

屋台の中では、二十代くらいの店主が布巾でかき氷機に溜まった水を掃除している。二人が近づいてゆくと、気のよさそうな笑顔を見せた。

「ごめんごめん、今、氷セットするからちょっと待ってて……」

「いえ、買うんではなくて一つ聞きたいことが」

何種類ものシロップが並んだステンレス台に片肘を乗せ、裏染は一言質問した。

「どうして、お釣りに五十円玉を使ってるんです？」

「……ちょっと待った」

つんのめりつつ柚乃が割って入ると、裏染は顔をしかめた。

「なんだよ」

「なんだよじゃないでしょ！　なんだよじゃあないでしょう！」

勢いづいて二度言ってしまう。

「こんなのずるいですよ、謎解きでもなんでもないじゃないですか！　答えを聞いてるだけでしょうが！」

「聞いて何が悪いんだよ。わからないことは聞けばいい。それで解決するなら一番簡単だろ」

「いや、その、そりゃそうですけど、思ってたのと違うというか……とにかく、自分で考えないなんて反則です！　フェアじゃないです！」

「フェアだぞ。俺は解いてやると言っただけで、自分で考えるとは一言も言ってない」

裏染は白々《しらじら》しく弁明した。柚乃は反論しようと口をぱくぱくさせたが、やっと出たのは悔しさの込もった呻《うめ》き声だけだった。

最初からこれを狙っていたから「楽勝」だったわけか。わからないなら聞けばいいというのはまさしく正論だが、単に聞くだけなら柚乃にだってできたわけで。

「だ、騙された……」

焼き鳥の与え損である。祭りの楽しさに呑まれてこの男の本性を忘れていた。駄目人間でも推理力は信頼できるということは、逆にいえば、推理力は信頼できても駄目人間ということではないか。

「で、どうして五十円玉でお釣りを？　何かの願かけですか」

脱力する依頼人にはかまわず、駄目人間は鶏皮をくわえながらもう一度尋ねた。

だがその憎たらしい余裕は、

「いや、それが俺にもよくわかんないんだけどさあ」

というかき氷屋の答えで様変わりすることとなった。柚乃も姿勢を立て直した。

「……え？」

「祭りの運営から、そうしてくれって言われたから……兄ちゃんの言うとおりご縁があるようにっていう願かけらしいけど、それにしちゃ少し苦しいよなあ。ははは」

「待ってください、祭りの運営側からそう言ってきたんですか？」

「そうだよ。しかも急な話でさあ」

話に興が乗ってきたらしく、店主は布巾を放り出して愚痴るように続けた。

「昼に屋台の準備してたら、運営の奴が一人で回ってきてね。『ご縁があるように、今年はなるべくお釣りに五十円玉を使ってください』なんて頼むもんだから……面倒だったけど、ここの祭りの皆さんには毎年世話になってるから断るわけにもいかなくって。それにほら、この神社駅のそばだから、銀行も近くにあるだろ？　それで急いで両替してきたんだよ」

「……運営側の人間が、一人で準備中の屋台を一軒ずつ回って指示したんですね？　他の屋台もそれに従ったんですか？」

「面倒くさいからって放っとく店も多いみたいだけど、半分くらいは言われたとおり、五十円玉を釣り銭にしててんじゃないかな」

ということは、その半分の屋台には、先ほどのたこ焼き屋や焼き鳥屋も含まれているのだろう。

「ま、俺たちは釣り銭の勘定なんて慣れてるからどうってことないけどさ、もらうお客さんたちは驚くよなあ。願かけですって説明したら、ああそうなんだって納得してくれるけど」

「けど、願かけにしては少し苦しい……？」

「だよな、やっぱり」

店主は白い歯を見せて笑ったが、裏染はステンレスの台へ目を落としたまま、じっと考え込んでいた。台の上ではこぼれたシロップが混ざり合い、原色のマーブル模様を作っていた。

「……で、本当に買わないの？　そっちの彼女さんはどう？」

「彼女じゃないですけど、じゃあラムネ味一つ」

あいよ、と威勢よく答え、店主は氷のセットを終える。かき氷機は昔ながらのハンドル式で、削るというよりまさに〝かく〟という表現に近い軽快な音が耳に心地よかった。

カップの上に崩れんばかりの雪山が出来上がったとき、ぼそりと裏染が尋ねた。

「ところで、指示を出してきたのはどんな若者だったんですか」

黄緑色のシロップをかけようとしていた店主は、ぎょっとしたように彼を見た。

「え、え？　どうしてわかったの、若者だって」

「呼び方です。あなたは祭りの関係者全体のことは『祭りの皆さん』と呼んだのに、指示を出してきた人物に対しては『運営の奴』と呼んだ。ということは、その指示係は一目であなたよりも年下であることがわかる相手だった、つまりはかなり若い見た目の人間だったということです。おそらく祭りのはっぴを羽織った学生だったのでは？」

「あ、ああ。背は高かったけどそのくらいの年に見えたよ。学生っていうよりむしろ高校生かな。髪が短くてニキビ顔で、野球部引退直後って感じの」

「あれ？　その人って……」

かき氷を受け取りながら柚乃は首をひねった。ついさっき見た兄弟の兄が、そんな見た目ではなかったか。

「知り合いか」

「知り合いではないですけど、さっき社務所で見かけました。弟っぽい子と何か話してて」

「社務所で……そうか。ではもうけっこうです、どうもお騒がせしました。行くぞ」

「はあ……いやいや、ちょっと待ってください」

慌てて財布を開き、柚乃は二百円のお代を支払った。試しにまた五百円玉で渡してみると、はいよ、と苦笑交じりで店主が返してきたのは、やはり六枚の五十円玉だった。

今度は人ごみを避けつつやぐらの端を回って、また社務所のほうへ戻る。ラムネ味のかき氷を一口食べてみると、確かにブルーハワイからフルーツの風味を抜いて酸味を足したような、人工的な甘さを感じた。柚乃の手に余ってしまった焼き鳥のパックは裏染の手に渡っており、彼はしれっとした顔で二本目の串を口に運んでいた。

「残念でしたね、聞くだけじゃ謎は解けませんでしたよ」

「面倒くさいことになったな」

「焼き鳥食べた以上は、ちゃんと最後までやってくださいね」

「そういやお前はどうして浴衣じゃないんだ、似合いそうなのにもったいない」

「え、ほんとですか？　着てくればよかったかなあって話を逸らすな！　謎解きしないとTシャツの中にこれぶち込みますよ」

冷たいかき氷を凶器の如《ごと》く構えてやると、裏染はわずかに顔を青くしてから、ようやく真面目に考えだした。

「とりあえず、その社務所にいた野球部風の高校生ってのが首謀者らしいな。本当に祭りぐるみの企画なら、直前に一人だけで連絡を回させるのはおかしい」

「その野球部さんが、独断で五十円玉の指示を出したってことですか」

「たぶんな」

「……まさか今度は社務所に行って、その人に会って問い詰めるとか言うんじゃ」

「いや、それはさすがにやめとこう。だが、そうか……高校生が五十円玉を……なんのためにだ？」

それからしばらく、裏染の口は砂肝を咀嚼することだけに専念して、声を発さなくなってしまった。柚乃も黙ったままかき氷を味わった。

静かな時間は、二人を見つけた鏡華が再び柚乃に抱きついてくるまで続いた。

4

「それはひょっとして、幹義《みきよし》さんのことでは？」

すっかり話を聞き終えてから、鏡華が言った。

「鏡華ちゃん、知ってるの？」

「ええ、ここの神主さんの息子さんです。加村《かむら》幹義さん。弟が義次《よしつぐ》君。幹義さんのほうは、確か風ヶ丘高校に通っているはずですが」

「二年B組。隣のクラスだよ。天馬知らないの？」

あきれ顔で香織が補足しても、裏染は「知らん」と即答するばかりだった。ついでに幹義の部活を尋ねると「囲碁・将棋部」とのこと。野球部ではなかったか。

「ですが、お釣りが五十円玉だけで返ってくるなんて確かにおかしいですね。中にいた運営の方たちからも、そんなことをしているという話は聞きませんでしたし」

「風ヶ丘五十円玉祭りの謎ってわけだね！　ああ、記事になりそうだなあ。カメラ持ってくればよかったかなあ」

「やっぱりお前は遊びと部活を混同してるぞ」

幼なじみにあきれ顔をお返ししてから、裏染は重ねて尋ねる。

「で、その源平合戦《げんぺい》みたいな名前の野球部はどんな奴なんだ」

「だから野球部じゃないってば……あたしもそんなには知らないけど、加村君は普通にいい人だと思うよ」

「弟さんとそろって、真面目なご兄弟です。今日もお二人でずっと祭りの手伝いを」

社務所の事情に詳しい鏡華が補足した。

だがその真面目な兄弟の兄が、なんのために五十円玉を？　ますます謎がこじれてしまい、四人は沈黙して考え込むしかなかった。――約一名、焼き鳥を食べ続けるだけで本当に考えているのかどうかわからない男もいたが。

そんな空気を払拭《ふっしょく》するように「よし」と香織が威勢よくうなずく。

「じゃあ、お祭りを回るついでに屋台を調べて、本当にそんな店が何軒もあるかどうか数えてみよっか」

「え、ここの屋台全部調べるんですか」

「多いかな？　そっか、じゃあ二手に分かれよう」

「はい！　私は袴田さんと組みます！」

とたんに鏡華が滑るように身を動かし、柚乃の腕に紫陽花柄の袖を絡めた。それから、はっとして赤い浴衣の香織を見やり、

「ああ、でも香織さんも捨てがたいしどうすれば……あ、そうだ、では私たち三人で行くので兄上は一人で」

「あたしが柚乃ちゃんと組むから、鏡華ちゃんは天馬と行きなよ」

香織が言うと、鏡華は悲鳴に近い声を上げた。

「な、なんですかそれは！　考えうる限り最悪の組み合わせではないですか！」

「まあまあ、たまには兄妹水入らずで」

「こんな兄と一緒では水気がなさすぎて枯れてしまいます！　水がほしい！　潤《うるお》いがほしい！」

喚《わめ》き続ける少女は置き去りに、香織は「右と左から半分ずつ回って、鳥居の前で待ち合わせね」とさくさく段取りを決め、柚乃の手を取って歩きだした。

仏頂面の裏染は心底どうでもよさそうに、通算六本目の串になるねぎまを噛んでいた。


社務所の前で話している間に祭りのピークは過ぎてしまったらしく、屋台を巡る人々の数はさっきよりも減っていた。

数歩進んで左右の屋台のお釣りの渡し方を確認し、また数歩進んで確認……というふうに、周りの誰よりもゆっくりとしたペースで柚乃と香織は歩いていく。かき氷屋の証言はやはり正しかったようで、ほぼ二軒に一軒の割合で五十円玉をお釣りに使う店を見つけることができた。客のほうでも、他の店で釣り銭としてもらった五十円玉を支払いに使ったりしており、普段はあまり目立つことのない半端な額の硬貨があちこちの屋台で行き来する様子は、本当に五十円玉の大感謝祭とでもいわんばかりだった。

「ふうん。じゃ、柚乃ちゃんはここのお祭り初めて来たんだ」

「はい、双子川《ふたごがわ》からだとちょっと遠いんで」

溶けかかったかき氷を掬《すく》いながら柚乃は答える。

「こんなに出店が多いって知ってれば、もっと前から来てたんですけど……香織さんは、去年も？」

「うん。あたしの家隣町だから、けっこう前から。去年はクラスの友達と一緒に来たの」

香織は道すがらのヨーヨー釣り屋で買った水ヨーヨーを、手毬のように弾《はず》ませていた。彼女いわく、金魚もおもちゃも食べ物も買おうと思えばどこでだって買えるが、この水ヨーヨーだけは祭りじゃないと入手できないので、絶対買っておきたかったのだとか。

「鏡華ちゃんもずっと来ててね、毎年社務所に差し入れして、ついでにお手伝いしてるんだよ。偉いよねえ……あ、あそこも五十円玉使ってる」

「八軒目ですね……裏染さんは、去年はどうだったんですか」

どうせ寝てたんだろうな、と思って聞いてみたが、

「去年は日程がコミケとかぶってて、天馬はそっちに行ってたよ」

ますます頭の痛くなる答えが返ってきた。

「今日も引っ張ってくるのが大変でさあ。ほら、部室のエアコン換えたでしょ？　涼しいからって出ようとしなくて」

「い、妹が毎年手伝ってるのに何やってんだか……あ、あそこも五十円玉ですね」

「八軒目？　いや九軒目か。ま、部屋から出ただけで天馬としては上出来だよ」

「でも、さっきだって香織さんたちが社務所にいる間、自分は一人でサボってたし」

「あー……ほら、天馬は、お父さん関係は敬遠してるから」

香織の手から、水ヨーヨーを弾ませる音が消えた。

あ、と柚乃は声に出した。

そうだ、鏡華が言っていたではないか。父親と神主がちょっとした知り合いで。鏡華の父親とはもちろん、裏染天馬の父親でもある。

社務所の前でつまらなそうにかき氷をつついていた裏染。社務所に行って問い詰める気かと聞いたとき、それはやめとこうとすぐに引き下がった裏染。父親が関わっている場所を避けていたのだ。馬鹿だ、どうして気がつかなかったのだろう。

裏染と父親の関係性については、この間鏡華の口から教えられていたのに。

「……す、すみません」

「あ、いや、いいのいいの。こっちこそなんかごめん」

香織は気まずそうに笑い、すぐに横の屋台へ目を移し、

「おっ、甲子園《こうしえん》名物かちわりじゃん！　あたしあれ好きなんだよね、ちょっと待ってて」

そう言って駆けていった。待つ間柚乃は、十日前に鏡華から聞いた言葉を、その無邪気な笑顔と一緒に思い返していた。

——兄上は、父上から勘当されていますので。

裏染はなんらかの事情で父親から縁を切られ、自らも家を出ることを望んだらしい。

いったい何があったのか。もちろん気にならないといえば嘘になるし、裏染について知りたいという強い気持ちもあった。しかし水族館の事件が終わったあと、香織と交わしたあのやりとりが、そんな柚乃の心に歯止めをかけていた。

あのときの、駅のホームでのやりとりが。

「お待たせ〜」

戻ってきたとき彼女の腕には、新たにストローつきのポリ袋に入れられた飲み物がぶらさげられていた。かき氷のシロップを氷で割ったような、どぎつい真っ青な色のジュース。

「……甲子園のかちわりって確か、もっと普通の氷だったような」

「このパチモンっぽさがいいんだよ。味もほとんど溶けたかき氷だし、謎の商品だよねー。あ、そういえば、かちわり屋もお釣りに五十円玉使ってたよ。これで九軒目？」

「えーと、いや、十軒目です」

「二桁か、大台に乗ったね」

香織は謎の商品ことかちわり氷を一口吸った。柚乃も、カップの底に残ったかき氷を口に流し込んだ。そして、また数歩進む。

くじ引きの店で安っぽいモデルガンを当てた、やんちゃそうな小学生たちが、走って二人を追い越してゆく。

「柚乃ちゃんさ」

「はい」

「あのこと、彼には……天馬には言ってないよね？」

「……はい。誰にも言ってないです」

答える柚乃の両肩に、強くつかまれたときの鈍い痛みが甦《よみがえ》った。

裏染にまつわる問題については、あれ以来本人にも他人にも漏らしていない。

言ってはいけないと、言われたから。

「そっか。……そっか。うん。なら、いいんだ」

香織は柚乃と目を合わせずにうなずき、そのまま顔を上げなかった。提灯と屋台の灯りが、彼女のうつむいた横顔を照らした。

赤い浴衣に身を包み、小さなくす玉のついた髪留めをつけて、思い悩むような微笑みを浮かべるその姿は、いつもの潑剌《はつらつ》とした彼女とは大違いだった。どこか寂しげで、どこか儚《はかな》げで、そして、少しだけ色っぽくもあった。かき氷で冷やされたはずの口の中が急に熱くなる。揺らぐ心を抑えながら、柚乃はじっと香織を見つめた。

子どもっぽいと兄にからかわれる自分よりも、ずっと大人びた少女の姿がそこにはあった。

「あ、あそこの店も五十円玉だ！　十二軒目？」

「今度は増えちゃってますよ。十一軒目です」

——やっぱり、気のせいかもしれない。

5

香織はそれからもあっちをふらふらこっちをふらふら、柚乃も懐かしの水あめ屋を見つけてつい油を売ってしまったりし、ようやく鳥居の前に出たころには、裏染兄妹が待ちくたびれていた。喧嘩するほどなんとやらとはよく言ったもので、つまらなそうな顔をしつつも二人そろって綿あめを頬張っている光景は、似た者同士に見えて微笑ましかった。

「お待たせー。こっちはちょうど二十軒だったよ。そっちは？」

「二軒が売り切れで店じまいしていましたが、それを抜かしても十五軒です。屋台は六十軒近く出ているはずですから、三十五軒なら半分以上ですね」

鏡華が淡々と答え、柚乃はまた首をひねる。

「ほんとに半分も……どうしてかなあ」

「闇の組織が関わってるかもね。五十円玉の贋金《にせ》を取引する必要があってそのカムフラージュとか」

「木を隠すなら森ってやつですか。それはさすがにないような……」

「贋金を作るにしても五十円玉では安すぎますしね……袴田さん、お口に水あめが垂れていますよ」

「えっ」

柚乃はどきりとして、最中《もなか》の小さな器《うつわ》にさくらんぼと一緒に盛られた水あめから口を離した。慌てて唇の下を拭うと、今度は指のほうがべとついた。

「やんなっちゃうなもう、食べにくくて……」

「いえいえ、水あめとはまた趣深くて素敵です」

「そう？　じゃ、鏡華ちゃんにあげようか」

照れ隠しで言ったのだが、鏡華はその場で跳び上がらんばかりの反応を見せた。

「い、い、いいんですか？」

「え、うん。半分くらい食べちゃったけど」

「問題ありませんまったく問題ないです！　ぜひください！」

差し出すと、彼女は震える手で受け取って一口齧り、ゆっくりと味わうように目をつぶるやいなや、幸せそうに肩をすぼめた。そんなに水あめが好きだったとは。

「袴田妹」

そこでようやく、裏染が口を開いた。

「社務所で例の兄弟を見たって言ったな。そのときの様子を詳しく教えてくれ。なるべく正確に」

「正確に？……えーっと」

いきなり無茶な注文をしてくる。

それでも脳と記憶を振り絞り、柚乃はぽつぽつと見聞きしたことを語った。あまり似ていない兄弟、手の汚れを拭いていた弟、二人の会話。そう時間は経っていなかったので、細部まで詳しく伝えることができた。

「……ふうん」

「何かわかりました？」

尋ねても裏染は黙ったままで、乾燥してしぼんできた綿あめを口に運ぶだけだった。柚乃と香織は肩をすくめ合う。五十円玉のちょっとした謎は、意外に難問であるらしい。

「寝てばかりいるから頭が働かないんですよ、兄上は」

と、澄ました声。柚乃の報告の間、隅で水あめに夢中になっていた鏡華であった。どんな味わい方をしたのやら、半分だけの駄菓子にずいぶん時間をかけていたようだ。指についたあめを丁寧に舐め取っていたが、しなやかでそつのない動きのせいで、それさえも上品なふるまいに思えた。

「私にはもう、解けてしまいましたけどね」

柚乃たちの前に進み出ると、彼女はさらりと言ってのけた。

「えっ、解けたの。本当？」

とたんに香織が一歩踏み出す。

「ええ、楽勝です。屋台を回っている途中で気づきました」

「なになに、聞かせて」

「楽勝」とはやはり兄と言うことが似ているが、とにかく柚乃も顔を寄せる。

鏡華は小柄な体で精一杯背筋を伸ばし、細い指を一本立てた。浴衣の袖と、髪をまとめている音符の飾りがかわいらしく揺れた。

「これは要するに、スリ対策です」


「単純に考えればわかることです。百円や二百円のお釣りがすべて五十円玉で返ってくる。ということは当然、お釣りの量が物理的に多くなるということです」

二百円なら硬貨が四枚、五百円なら十枚で返ってくるのだから、確かにそうだ。

「そのお釣りはどこにしまわれるか？　もちろん財布です。お祭りでは財布の紐も緩みますよね、何度も屋台で買い物をしてお釣りをもらううちに、財布の中の硬貨の数はどんどん増えていきます。するとどうなります？」

「……財布が重くなる」

香織は手に提げた巾着《きんちゃく》から小銭入れを取り出す。釣り銭の五十円玉で占められた小さながま口は、手のひらの上でジャラリと重量感のある音を立てた。

「さて、財布とお祭りといえば、まっさきに思いつくのはスリ被害ですね。満員電車しかり初詣しかり、人が集まる場所にはスリも増えます。ですが考えてみてください、小銭の少ない軽い財布と、五十円玉ばかり入った重たい財布。盗まれたとき、その被害に気づきやすいのはどちらでしょう？　いえそれ以前に、盗まれないようにと気に留めやすくなるのはどちらでしょう？」

「…………」

答えるまでもなかった。

気づきやすいのは、気に留めやすいのは、重たい財布だ。重たくてかさばるということは、裏を返せば存在感があるということだから。

「スリの対策というのはなかなか難しいものです。注意を促《うなが》したって、実際どのくらい用心するかは人それぞれですからね。しかし、故意にお釣りが細かくなるよう手を回して、集まる人たちの財布をいつもより少しだけ重くすれば……回りくどくとも、ただの注意喚起よりはよほど効果的な対策になると思いませんか？」

「なる、ね」

小銭入れの重さを嚙みしめるように、香織はうなずいた。

「じゃあ、お釣りに五十円玉を使ったのは、お客さんたちの財布を重くするため？」

柚乃が問うと、鏡華は微笑む。髪飾りの音符に負けず劣らず、その瞳の中にはきらきらと光が瞬いて見えた。

「そのとおりです。幹義さんは、毎年風ヶ丘の夏祭りでスリ被害が出ることを憂《うれ》えて、犯罪防止のために一計を案じたのでしょう。五十円玉祭りの謎は、遠回しかつ合理的なスリ対策だったというわけですね」

謎解きを終えると同時に、彼女は浴衣の前で手を重ね、丁寧な日本式のお辞儀をした。香織はヨーヨーと巾着がぶつかり合うのもかまわず「おお〜」と拍手をし、柚乃も「鏡華ちゃんすごい」と称賛を贈った。

さすがは裏染の実妹である。自分より年下ながら、兄ゆずりの見事な推理力をその目の内に秘めていた。いや、むしろ寝てばかりいないだけ兄より有能かも……。

鏡華はそんな兄のほうを振り向き、「いかがです兄上」と話しかける。

「何か反論は？」

「ん？」

裏染は、そこで初めて気づいたかのように妹を見やった。彼の反応は、首を傾けて「んー」と唸るだけという、どっちつかずのものだった。とたんに鏡華の表情はしらけた。

「……まったく、相変わらずつまらない男ですね。まあいいです。香織さん、袴田さん、こんな駄目人間は放っておいてもう一度屋台に行きません？　私、さっき見かけたベビーカステラが忘れられなくて」

「いいけど、早く行かないと終わっちゃうかもよ」

香織が腕時計を見て言う。もう祭りの終了時刻が迫っているのだろう、鳥居を出て帰ってゆく人の数はどんどん増えていた。賑わいを後押しするように続いていた太鼓の音も、いつの間にか鳴りを潜めている。

ふと気づけば鳥居の外には、はっぴの袖に〈警備〉の腕章をつけた男たちが並んでおり、混雑がないよう人々を誘導していた。町内会の役員だろうか、それとも協力している保土ケ谷署の署員だろうか。

今度の答えは後者だった。一番端に立っていた男が振り向き、鳥居の内側にいる柚乃たちに目を留めた。そして、こちらへ近づいてくる。丸い輪郭いっぱいに楽しそうな笑みを浮かべた、初老の男。

「あ……」

「やあ、こりゃどうも、お久しぶりですねえ」

男は上げた片手をひらひらと振りながら挨拶した。柚乃や裏染と唯一面識のある保土ケ谷署の署員・白戸《しらと》刑事だった。風ヶ丘高校の体育館で事件が起きたとき、捜査班に加わっていたのだ。

「皆さんもお祭りに？　うらやましいですねえ華やかで。いや、私もちょっと遊びにきただけだったんですけどね、人手が足らないから手伝ってけなんて言われちゃってこの様《ざま》です。まいりましたよ。あ、そうだ袴田さん、お兄さんから差し入れいただきましたよ。ありがとうございました。にしてもお祭りに制服姿とはまた乙ですねえ」

好き放題言って、好事家《こうずか》の刑事はまた笑う。初対面の鏡華は「何かしらこの人」という引き気味の目を向けていた。意外と趣味は合いそうだが。

「白戸さん、ちょうどよかった」

それまで勢いの死んでいた裏染が、ふいにきびきびと切り出した。

「ちょっとお聞きしたいことがあるんですが」

「お、また何か調査中ですか。なんでもどうぞ」

怪しむことなく白戸は応じた。このあたりが彼の好事家たる所以《ゆえん》である。

「もう祭りは終わりかけてますよね。人と屋台が捌《は》けたら、提灯は消されますか」

「そりゃもちろん」

「ではもう一つ。あなた方や祭りの運営の人たちは今、警備・巡回中のようですが、その警備はいつまで続けるんです？」

「お客さんがみんな捌けるまでですよ。もうそろそろ、私たちも引き上げどきですね」

と、白戸は人がまばらになった屋台の通りへ目を向ける。

「……祭りが終われば、警備や巡回をすることはないんですね？」

「ええ」

「わかりました。どうもありがとうございます」

「いえいえ、どういたしまして……あ、それじゃ失礼しますよ」

鳥居の外から同僚らしいはっぴ姿の若い女性が睨みつけているのに気づくと、あまり刑事らしくない刑事は慌てて持ち場へ戻っていった。

「なんです、今の質問は？」

鏡華は実の兄に尋ねたが、やはり彼は答えなかった。妹はうんざりしたようにため息をつき、それから境内のほうを一瞥《いちべつ》して、「屋台は来年に持ち越しますか」と独りごつ。

「お祭りが終わる前に、私はもう一度社務所に顔を出してきます。香織さんはどうなさいます？」

「あたしも行くよ。柚乃ちゃんは天馬とそのへんで待ってて。すぐ戻るから」

「わかりました。じゃあ鏡華ちゃん、ベビーカステラ買っといてあげるね」

柚乃が笑いかけると鏡華はまた大げさに喜び、浴衣で駒下駄にも拘《かか》わらずスキップしながら香織と境内の奥に向かっていった。見た目の割に食いしん坊らしい。

鳥居に向かう甚平《じんべい》姿の若者や浴衣姿の少女たちとすれ違いながら、柚乃は店じまいしかけている屋台のほうへ足を急がせた。ベビーカステラの看板を探すが、自分たちが担当したほうの道ではないのでいまひとつ場所がわからない。

「ベビーカステラのお店って、どこにあったんですか？」

後ろからふらふらとついてくる裏染へ声をかけたが、彼はまだ心ここにあらずの状態だった。

裏染は何か考え込むような表情で、頭上で輝く照明を——丸い提灯を見上げていた。

6

「う、裏染さんやめましょうよ、ここじゃまずいですよ」

「…………」

「人に見つかったらどうするんですか。ほら私、制服だし。汚れちゃうし」

「………」

「聞いてます？　あ、ちょっ、それだめ」

月明かりの下でこちらに伸ばされた手を阻もうとしたが、そのときにはもう遅かった。裏染は柚乃の脇に置かれた紙袋からベビーカステラを一つつまむと、ひょいと口に入れてしまった。

「せっかく鏡華ちゃんのために買ったのに……」

「一つや二つや三つなくなったとこでばれるもんか」

「あと二つも食べる気ですか」

薄情な兄である。

二人は寝入神社の隅、建立記念碑が立てられた低い石台の上に並んで座っていた。ベビーカステラを始めとする店じまいしかけの屋台を数軒回ったあと、裏染はなぜかここに腰を落ち着けてしまったのだ。

伸びた植木に半ば埋もれて、神主からも忘れ去られていそうな石碑とはいえ、腰かけ代わりにしたらばちが当たりそうで柚乃は気が気じゃなかった。そもそもとっくに祭りは終わっていて、無関係な自分たちが境内に残っていることからしておかしいし。

「……香織さんたち待つなら、鳥居の前でいいじゃないですか」

「だめだ。鳥居じゃ目立ちすぎる」

「目立っちゃいけないんですか？」

「なるべくなら」

裏染はラムネ——今度はかき氷ではなく、炭酸のほう——を一口飲む。彼の目は、ずっと静まり返った境内へ向けられていた。諭《さと》すのは無駄と判断し、柚乃もどさくさで買ったりんごあめを齧った。一噛みするたび甘酸っぱい味が口に広がったが、周りの活気が失せた今となってはそのおいしさも半減だった。

祭囃子はやみ、提灯もすべて消され、眼前にはいつも寄り道するときに見る、だだっぴろい神社があるだけだった。あれほどごった返していた人は一人もいなくなり、六十軒近くあったはずの屋台も店主たちの慣れた手際であっという間に引き払われ、唯一、自分たちの対角線上にある巨大なやぐらの輪郭だけが、後ろの社務所から漏れる灯りに照らされてぼんやりと浮かんでいる。

腰を据えて眺めるには寂しすぎる光景だ。

だいぶ経ったが、香織と鏡華はまだ社務所にいるのだろうか。今度は後片付けの手伝いでもしているのか。いや、戻ってきても柚乃たちが見当たらないので帰ってしまったのかもしれない。……じゃあ、ここに居続ける意味は？

りんごあめを食べ終わる。ずっと歩き回っていたせいで、肌に汗のべとつきを感じた。制服の襟がいい加減息苦しかったし、蚊に刺されたのか太ももと首筋がやたらと痒《かゆ》い。

「いつまでここにいる気ですか」

「謎を解いてくれって頼んだのはお前のほうだろ」

痺《しび》れを切らしてまた問うと、裏染は答えた。

「……五十円玉の謎はもう、鏡華ちゃんが解決したじゃないですか。あれが正しいんじゃないんですか？」

「スリ対策？」

「はい。神主の息子さんの」

「いい話だよな」

「とっても」

「俺は、いい話ってのは好かないんだ」

自虐めいた調子で彼は言った。そういえば、学食でどんぶりを置き去りにした犯人を捜したときにもそんなことを言っていたっけ。いい話なのかもしれないが、俺は嫌いだ、と。

「好き嫌いの問題ですか」

「もちろんそれだけじゃない。筋道立てて考えてもあいつの推理は間違ってる。反論の根拠は三つある」

「え、三つも？」

鏡華の話を聞いていたときは、これ以上ない解答だと思ったのだが。

「まず一つ。スリ対策なんていうまともな目的があったなら、加村幹義が独断で屋台に指示を出したのは不自然だ。なぜ他の運営に相談して、手伝ってもらわなかったんだ？」

「あ……」

「二つ。同じくスリ対策が目的だったなら、『ご縁があるように』なんて偽の名目を作るのはおかしい。スリを防止したいなら堂々と『スリ対策でお釣りを増やしてます』と言ったほうが、客のほうでも防犯意識が高くなるから効果的なはずだ」

「い、言われてみれば」

そのとおりだった。かき氷屋で聞き込んだ幹義の様子とスリ対策という目的は、どうもうまくそぐわない。

「三つ。そもそも釣り銭が五十円玉で返ってきたところで、財布が重くなることはない。なぜなら、釣り銭がかさばった客は、他の店での支払いにその小銭を使うはずだからだ」

「小銭を……あっ」

少し考えて、すぐに気がついた。

「たとえば、三百円の買い物に五百円玉を出した奴がいたとする。返ってくる釣り銭は五十円玉四枚。次にそいつは、かき氷屋の前で足を止めた。かき氷は一杯二百円。さて、そいつはその二百円をどうやって払うか？」

当然その客は、新たにお釣りが出るような払い方はしないだろう。財布の中には四枚の五十円玉が――つまり、二百円分の小銭が入っているのだから。

「鏡華は五十円玉が財布に貯まり続けるような言い方をしてたが、それは間違いだ。最初の買い物で千円とか五百円とかを払って五十円玉を大量にもらうことはあっても、それ以上増えることはまずありえん。そのあとの買い物では、お釣りで返された五十円玉を使えばいいんだからな。屋台で売っているもんの相場はだいたい二百円とか三百円前後だ。その程度の買い物ならわざわざ新たにお釣りが出るような金の払い方をしなくても、五十円玉で充分まかなえる」

「で、でも、香織さんのお財布は、確かに五十円玉ばっかりで……」

「それはあいつが、釣り銭を五十円玉で返す店を調べてる途中で、何か買うたびにわざとお釣りが出るような払い方をしてたからだ。だが、そんな物好きは何人もいるもんじゃない。大多数の人間に通用しないなら、五十円玉はスリ対策になんかならない」

「…………」

確かに香織は、買い物のついでにお釣りが五十円玉かどうかをチェックしていた。柚乃もそうだ。かき氷を買うときは、小銭があるにもかかわらずわざと五百円玉を出した。

だが、自分たち以外は違う。他の人々は支払いにも五十円玉を使っていた。柚乃たちが祭りを回っているとき、実際に屋台とお客との間では五十円玉が行き交っていた。

せっかくの五十円玉も、もらうたびに他の場所で使われてしまうのでは財布を重くすることはできない。鏡華の推論は根底から覆《くつがえ》されてしまった。

だから裏染は、先ほどの謎解きで納得のいかない顔をしていたのか――

暗さに慣れてきた目で、柚乃は真横の少年を見やる。月明かりに透けるラムネの瓶が見えた。組まれた細い脚が見えた。端整な横顔と、そして黒い瞳が見えた。

彼の瞳は鏡華のように生き生きとした輝きを湛《たた》えてはおらず、むしろ死んだように静まり返って、そこに何も映してはいなかった。周囲を夜に囲まれてもなお、不思議なくらいにその黒の深さだけが際立って見えるような、少なくとも柚乃にはそんな気がした。

八月の初め、水族館の事件の最中に感じた疑問をふと思い出す。

黒い瞳で、こちらにはまったく目を向けないで。

この人はいったい、何を見ているのだろう。

「……裏染さんは、答えがわかってるんですか」

慎重に尋ねると、彼もゆっくりとうなずいた。

「お前が社務所で見聞きした会話ってのを聞いたとき、ようやくわかった」

「会話……兄弟の？」

「あれが最大の手がかりだ。鏡華はお前に夢中で聞き逃してたみたいだけどな」

鏡華が夢中だったのは柚乃ではなくて水あめだが、それはともかく、

「あの会話が、どうかしたんですか？　あれだけじゃ意味がわかりませんでしたけど」

「意味はわかるさ。一つずつ考えてけば簡単だ」

ラムネを傾けながら、裏染は落語みたく上下《かみしも》を切って兄弟の会話を再現する。当然教えた側の柚乃にも、その光景はありありと思い描けた。

——兄ちゃん、取ってきた？

——時計から抜いてきた。他のはどうだった？

——他は大丈夫。一本だけ、赤いほうじゃないとだめなのがあったけど。

——別にいいよ、携帯よりはましだろ……。

「最初に弟が『取ってきた？』と聞いた。兄貴は何かを取りに行っていたらしい。その兄貴は

『時計から抜いてきた』と答えた。時計から抜くものといったらまず間違いなく電池だ。兄貴は社務所の中のどこか――自分の部屋とかにある時計から、電池を抜いて持ってきた。

ということは、あの兄弟は電池を必要としていたわけだ。なぜか？　当然、何か電池で動くものを使いたかったんだな。二人はそれを使おうとしたが、どうやら電池が切れていて作動しなかったらしい」

「切れてたとは限らないんじゃないですか？　新品の何かに電池を入れようとしてたのかも」

「いや、切れてたんだ。錆《さび》からそれがわかる」

「さび？」

「弟は、手についた泥みたいな汚れをティッシュで拭いてたんだろ？　だが、本当の泥だったとしたらこれは妙だ。屋内で手に泥がつく状況ってのはちょっと考えにくい」

「外でついた泥を、社務所の中に入ってから拭こうとしたのかもしれませんよ」

「それはないな。あの社務所には、外に庭用の水道があった。外で汚れたなら、中に入る前にその水道で洗い流してるはずだ」

「あ……」

覚えがあった。裏染を幽霊と見間違えたとき。彼は庭用の水道の向こう側から、こちらに陰気な顔を向けていたのだ。

「とすれば、弟の指についてたのは泥じゃない。泥に似た別の何かだ。水で洗うのではなくティッシュで拭っていただけ、それに電池の話をふまえると、錆だったって可能性が一番高い。

長く放置されてたせいで電池の挿入部分が錆びついていた。弟はそれを触って指が汚れた」
「……確かに、新品なら錆びつくはずはないですね」
「さて、会話の続きだ。兄貴は『他のはどうだった？』と聞き、弟は『他は大丈夫』と答える。弟の指に電池をチェックしたような痕跡がついていた以上、大丈夫ってのは電池が残ってるかどうかのことを言ってるんだろう。二人が使おうとしてるものは一つだけじゃなくて複数あるらしい。そのうち一つが電池切れだとわかり、兄貴が代わりの電池を取りに行ってる間、弟は残りのチェックをしていた。

そして最後。『一本だけ、赤いほうじゃないとだめなのがあった』と言う弟に対し、兄貴は『携帯よりはまし』と応じた。これらのことから、加村兄弟が使おうとしてたものはどんなものだとわかるか？」

飲み干された瓶の中でビー玉が転がる音と一緒に、抽出された情報が挙げられてゆく。

「1　電池で動くもの。
2　電池の挿入部分が錆びつくほど使う機会があまり来ないもの。
3　神社の社務所に複数存在するもの。
4　赤いほうとそうでないほうの二種類があるもの。
5　携帯電話の機能のどれかと似た機能を持つもの。
6　また、その機能において携帯より優れているもの。
7　〝本〟で数えるのが一般的なもの。

これだけ条件がそろえば、それが何かは一つに絞れる」

「……そ、それって」

答えを聞こうとしたとき、裏染は柚乃のほうへ手を突き出した。今度はベビーカステラ目当てではなく、「静かに」という意味のようだった。手は境内のほうへ向きを変え、人差し指が何かを指し示す。柚乃もそれを追った。

やぐらの背後から、小さな丸い光が一つ。また一つ。

合計四つ、ぽつりぽつりと現れた。地面と近い場所を揺れ動き、ときおり長く筋を描き、それが他の筋と交差する。一つだけが赤い光で、残りは普通の白い光だった。

提灯ではない。人魂でもない。

もっと見知っている、風流のかけらもない灯り。

「懐中電灯……」

柚乃はその光源の名をつぶやいた。

懐中電灯は電池で点灯する。緊急事態以外、あまり使う機会は来ない。普通は一家に一本だが、祭りの詰所としても使われる社務所になら複数あっても不思議ではない。白色灯と赤色灯の切り替えができる便利なタイプもあり、携帯電話のライトよりもずっと明るく、数え方は〝本〟。

「当たったみたいだな」と裏染が言う。

「加村の兄弟は懐中電灯を使おうとしていた。だが白戸の話によれば、祭りが終わって提灯が消されたあとに見回りはしないという。暗い中を巡回しないなら、祭りの運営や警備の連中が懐中電灯を使うはずがない。したがって、懐中電灯も五十円玉と同じくガキどもの独断で、隠れてこっそり使おうとしてたってことになる。それはお前が加村幹義と顔を合わせたとき、奴が慌てるようなそぶりを見せたことからも明らかだ」

四つの光は、人気《ひとけ》のない境内を少しずつこちらに近づいてくる。ときおり、隣り合う光に照らされて人影が見えた。背の高いシルエットはやはり加村幹義だった。赤色灯を持っているのは眼鏡の弟・義次。他の二人は初めて見る顔だが、高校生風の見た目から判断するにどうやら幹義の友人らしい。

祭りのあとの静けさを闊歩《かっぽ》する、四人の少年たち。

「どちらも独断で隠れてとくれば、ごく自然に五十円玉の件と関わってると考えることができる。奴らが懐中電灯を使うとしたらこの境内以外はありえないだろう。なぜならこの神社は駅の近くにあって、周りはどこでも街灯に照らされてる。真っ暗でライトを使う必要があるのはこの神社の中だけだ。祭りに五十円玉をばら撒いたあと、暗くなってから懐中電灯で境内を探る——とすれば、奴らの目的は何か？」

少年たちは記念碑のほうまでは来ず、境内の中心辺りで歩みを止めた。光はそのまま、ぐるぐると彷徨《さまよ》うように動く。

「鏡華の推理も、途中までは当たってたんだ。お釣りが五十円玉だけになれば、物理的に釣り銭の量が増える。だが五十円玉は財布には貯まらないから、正確に言えば増えるのは釣り銭だけじゃない。本当に物理的に増えるのは、屋台を行き交う硬貨の数だ」

屋台から渡された五十円玉は、客のほうでも買い物に使われる。受け取った屋台は他の客の釣り銭にその五十円玉を使い、またその客が他の店で五十円玉を……。

「十枚二十枚どころの騒ぎじゃない。あっちでもこっちでも、千枚、二千枚、いやもっと多くの硬貨が行き来することになる。二百円が五十円玉四枚、三百円が六枚になるわけだから、単純に考えても普通の二倍だ。あとは確率の問題。扱われる小銭の数が増えれば、そこから派生して何が増えるか――」

「うおっ！」と、少年たちのほうから歓声が上がった。幹義の声だった。

「すげえ、落ちてる落ちてる！　めっちゃ大量だ！」

白い光がさらに地面に近づく。幹義が膝をつき、何かを拾っているらしかった。

懐中電灯に反射して、小さくて丸い白銅のきらめきが見えた。

「あれって、お金……ご、五十円玉ですか？」

「声がでかい」

裏染は柚乃に注意してから、しかしすぐに、小さくうなずいた。

「確かに祭りにはスリが多いが、もっと多発するトラブルもある。祭りや人が集まる場所で本当に多いのは、落とし物だ。携帯、アクセサリー、それに小銭――」

そうだ。確かに祭りでは落とし物が多い。現に、やぐらの隣には落とし物の預り所もあった。それに聞いたこともある。祭りが終わったあと、早朝などに会場を調べるといくつも小銭が落ちていて、けっこうな小遣い稼ぎになるのだとか。

「加村兄弟は神主の息子という立場上、祭りのあと境内に小銭が多く落ちてることを知っていた。毎年ああやって仲間とそれを拾い集めてたんだろうが、思ったほど収入が振るわない。そこで今年は一計を案じた」

「お釣りとして五十円玉をばら撒いて、行き交う小銭の数を増やした……？」

「そう。小銭の数が物理的に増えれば、当然そこからこぼれ落ちる金も増える。五十円じゃ百円よりは価値が落ちるが、収入ゼロよりはだいぶましだし、塵《ちり》も積もれば山となんちゃらってな」

そこまで言ったなら最後まで言えよ。

境内では、幹義たちが小銭拾いを続けている。一つ拾ってはポケットにしまい、二つ拾っては笑い声を上げ、ときおり他の仲間と奪い合いになるらしく「兄ちゃん、それ僕んだよ」と弟の不平が聞こえたりした。

「せ、せこい……」

「せこくても回りくどくても、ただ落とした小銭を集めるよりはよっぽど効果的な方法だ。五十円玉祭りの謎は、遠回しかつ合理的な小銭拾いだったわけだな」

わざとなのかそうでないのか、裏染は妹と似たような言い方で推理を締めくくった。お辞儀はせず、代わりに「どっこらしょ」とじじくさく立ち上がる。

「見つかったらやっかいだ、行くぞ」

「あ、はい」

柚乃も立ち上がろうとしたところで、携帯電話が震えた。兄からのメール着信だった。

『社務所の前にいるけどもう帰ったか?』と、相変わらず簡素な文面。

『まだいる。すぐ行く』とこちらも主語抜きの返信を打ち込む間、耳にはまだ幹義たちのはしゃぎ声が届いていた。小銭はかなりの量が落ちているらしい。

「五十円玉祭り、本当に効果があったみたいですね」

「硬貨だけにな」

「誰がうまいこと言えと……でも、小銭拾うのって罪にはならないんですか?」

「当然なる。遺失物等横領罪だ。だがまあ、祭りで落とした金を、しかも五十円玉を取り戻しにくる持ち主なんているはずないし……大目に見といてやれ」

「……まあ、確かに」

怒れと言われても、怒る気にはとてもならない。

地面に屈んで騒ぐ少年たちは、柚乃の目にはくじ引き屋の前で一喜一憂していた小学生たちとまるっきり同じに映った。今日だけ童心に返っているのか、もともと成長していないのか。それはわからないが、見ているだけで自然と苦笑が漏れてしまう。

やんちゃでアホで、いたずら好きな悪ガキども。

これも祭りの風物詩かも、と柚乃はなんとなく思った。

そのまま境内を横断するわけにもいかないので、柚乃と裏染は敷地に沿ってぐるりと生えている林を通り、本殿の裏を遠回りして社務所へ向かった。兄は、先ほど推理の手がかりにもなった水道の前で、また誰かからもらったらしいイカ焼きを食べながら待っていた。

木々の間を抜けて「兄さん」と声をかけると、兄はこちらを振り向き、そのイカ焼きを取り落とした。意外な方向から妹が現れたのでひどく驚いたようだ。

「ごめんごめん、待たせちゃって。ところで香織さんたち知らない？　社務所にいたはずなんだけど」

「……いかんだろ」

「え？　なに？」

「いかんだろ」

「イカ？　ああ、もったいないね。でも落としちゃったもんはしょうがないし」

「そうじゃない！」

兄は突然声を張り上げ、柚乃に指を突きつける。

「暗い林の中でこんな時間まで何をしてたんだお前らは！　ああくそ、裏染君が祭りにいて一緒に回るとか言ってた時点でいやな予感がしてたんだ、妹を信じた僕が馬鹿だった。メールの返信も思わせぶりだったし……お前まだ高一だろ！　十五歳だろ！　それにここ屋外だぞ、いやそれだけじゃない神社だぞ！　神聖な場所でそんな淫《みだ》らな……八百万《やおよろず》の神様が許しても兄さんが許しません！」

「みだら……はあ?」

異次元的な単語が飛び出たため漢字変換に時間がかかった。意外な方向から現れただけでさらに意外すぎる方向に誤解を受けたらしい。

「い、いやいや違う違う。私たち石の上に座ってただけで。裏染さんが五十円玉の謎を確かめてて、それを聞いてて」

「五十円玉? なんだそりゃ、祭りのあとに葉っぱ頭につけて男と暗がりから出てきて刑事にそんな嘘が通用するか!」

「刑事関係ないでしょ! とにかく、なんにもしてないってのは本当だから」

「だったらその首筋と太もものキスマークはなんだよ、虫刺されとでも言うつもりか!」

「虫刺されに決まってるだろうが!」

どうしてこの兄はこういうときだけ観察力がいいんだか。

「首筋はまだしも太ももってお前……裏染君、太ももはだめだろ!」

「裏染さん、何か言ってやってください!」

「お兄さん、イカつながりなら〝いかんだろ〟より〝イカんでしょ〟のほうがいいですよ」

「なんの話!?」

「袴田さーん、お待たせいたしました!」

と、聞き覚えのある澄んだ声。社務所から鏡華と香織が出てくるところだった。

「ごめんごめん。なんかまた手伝わされちゃって、抜けるタイミングがなくってさ」

「申し訳ありません、こんなつまらない兄と一緒に長らくお待たせしてしまって退屈だったでしょう。ジュースをいただいたので二人で飲みましょ……う……」

細長い缶ジュース――なんの因果か、兄が差し入れしたうちの一本――をキュートなしぐさで顔の横に持ち上げようとしたところで、鏡華は動きを止めた。

柚乃を見て、その後ろの裏染を見て、さらに後ろの林を見て、もう一度柚乃の、今度は脚のほうを見る。手が震え笑顔が引きつり、イカ焼きと同じように未開封のジュースがぼとりと地面に落ちた。そして、

「あ、あ、兄上えええええ！　どういうことですかこれは！」

「違う！　鏡華ちゃん、これは違う！」

「え、なになに、なんか面白い話？」

「面白くないです、興味を示さないでください！」

「太もも以外は無事だろうな？　ちょっとこっち来なさい、兄さんに見せてみろ」

「だから違うって言ってんでしょうがああ！」

収拾がつかなくなり、とうとう天に向かって柚乃は叫んだ。発された声は、不発の打ち上げ花火の如く暗い星空に吸い込まれていった。

風ヶ丘の納涼夏祭りは、今年も最後の最後まで盛況に終わったようである。

針宮理恵子のサードインパクト
The Adventure of Rieko Harimiya

ファースト（八月二十一日）

いつだって世の中は馬鹿げていた。怒鳴り声と冷たい目線と空白だらけの卒業アルバム。それが中学時代のすべてだった。高校でも似たようなものだろうと思っていて、だからあの男に呼び出されたとき、最初はわけがわからなかった。

前髪を綺麗に切りそろえた線の細い男で、これぞ文化系って感じのオーラが全身を包んでいた。あたしだって痩せてるほうで非力だし、相手は年上だったけど、蹴飛ばしたらそのまま飛んでいきそうだ。ただし怯えるような様子はなく、そいつの目はじっとあたしを見据えていた。こっちがたじろぐくらいの曇りのなさで、その点だけが迫力負けだった。放送部の部長、と名乗られたときも、なんのことだか心当たりがなかった。

気づいたのは、そいつが片手に持ったゴツいビデオカメラを肩の高さまで上げて、「君のやったことはすべて映像に収めた」と言ってきたときだ。はっとした。放送部。そうだ、彼女も確か放送部だった。同じクラスの、小柄で地味な感じの子。定番の校舎裏、帰り道に時間を潰す用の金。うつむいたままの目と震える指先。差し出された千円札にはいつも汗が滲《にじ》んでいた。

なるほど、この先輩は犯行現場を盗撮してあたしを脅してきたってわけだ。

盗撮というと聞こえは悪いが、別に卑怯だとは思わなかった。あたしから先に理不尽を仕掛けた以上、同じく理不尽な手で反撃されたからといって文句を言うのは筋違いだ。なので、あたしの驚愕《きょうがく》は、そういうのとは別の方向へ向いていた。

目の前のひ弱そうな男。周りに迎合して流されるしか生きる道がないような男。そんな奴が放送部なりの武器を駆使して、しかも自分のためではなく後輩のために、堂々と立ち向かってきた。恐れず、目を背けず、微塵《みじん》もひるまず。

——こんな奴が、この世にいたのか。

頭の中の廃《すた》れた脳髄に、ほんの少しだけ、衝撃の響く音がした。

風に煽《あお》られ、めくったばかりのページがひるがえって親指に張りつく。その感覚であたしは我に返った。

黄色いカーテンが壁とほとんど垂直を描いて派手にはためいている。カウンターから眼鏡の女子が出てきて、やっぱ開けといちゃだめか、とぼやきながら窓を一つずつ閉めていった。静寂と一緒にじめっとした蒸し暑さが部屋を包んだ。

人の少ない、夏休み中の図書室。

あたしは数日前からここに入り浸っている。といっても、受験を控えた三年生みたいに問題集を必死で解いているわけでも、カウンターの図書委員みたいに当番で仕方なく来ているわけでも、ましてや向かいの机で頬を寄せ合っている卓球ユニフォームの女子二人みたいに、友達と仲良く宿題をこなしているわけでもなく、単純に、他にやることがなかったから。駅向こうの図書館とか漫画喫茶でもいいんだけど、こっちのほうが家から近いし、金もかからないし。

今読んでるのは、ちょっと前に流行ったSF漫画の四巻。のっけから、不良っぽい高校生数人が主人公を囲んでいるシーン。おかげで余計なことを思い出してしまった。

インネンをつけているこのリーダー格は、主人公が右手に宿った謎の生命体と一緒に幾多の修羅場をくぐり抜けてることを知らないのだろう。ページをあと数度めくればボコボコにされて、それきり物語から消えていくに違いない。

いろいろ考えてるうちに読む気が萎《な》えてきてしまった。ページを閉じると、あたしはそれを窓際の漫画コーナーの棚に返した。代わりに何を読もうか。まだ手をつけてないのは、『人魚の森』とか？　それとも小説にするか。適当に書架の奥へ進むと、海外作家の文庫コーナーだった。作家順に並べられた本は出版社も背表紙の色もバラバラ、見慣れないカタカナ名の羅列は何かの暗号みたいで、目がチカチカした。おまけにカーテン越しの陽射しが背中を熱してきて、ひどく不快だ。

ここ数日、ずっと三十三度超えの猛暑でうんざりする。外のほうが風にあたれていいかもしれない。一冊借りて、グラウンドの前で日陰のベンチを見つけて座る。そうしよう。

ブラウスの胸元をバタバタさせて服の内側に風を送りながら、一冊の短編集を選んだ。あまり深い理由はない。あたしでも知ってる有名な作者だったのと、「何もかもが究極的」っていう収録作のタイトルがちょっと気に入ったから。

席に戻って、飲みかけのファンタの缶を持って、カウンターへ。眼鏡の図書委員長が手続きする間、缶の中身を飲み干した。ぬるかった。引き出された貸出カードは手垢にまみれて黄色く変色している。まったく、どこが究極的なんだか。

「あの、飲み物は……」

委員長が小さな声で言ってくる。ぼんやりしていたせいで「ん?」と「あ?」の中間みたいな声が出た。体をカウンター側へ向けると、委員長は「あ、いや」と気まずそうに目を逸らした。レンズ越しの大きな瞳と、二つ結びで垂らした黒髪。あたしにもこれくらいのかわいらしさがあればなあ、となんとなく思う。

生まれつきの目つきの悪さと髪にかかったウェーブのせいで、昔から損ばかりしていた。「お前、魔女みたいだな」とは中一のとき男子たちに言われたからかい文句。暗く見られないようにと躍起《やつき》になって、髪を明るい金色に染めた。笑われることはなくなったけど、元々の荒っぽい口調も手伝って、周りからはあっという間に友達がいなくなった。それを十七歳になった今でも引きずったままなんだから笑えてくる。

そう。究極的というならあたしの日常は、何もかもが究極的に不器用だった。

針宮理恵子という、くだらない人間の日常は。

図書室を出たところで、裏染とすれ違った。

陰気な前髪とふらつくような足取りで、二重まぶたの目を細めて、眠そうにあくびしていた。制服すら着てなくて、Tシャツから伸びた細い腕をジーンズのポケットに突っ込んでいる。ま、夏休み中だし、あたしも襟のリボンタイゆるゆるだし、そこは別にいいんだけど。

裏染はあたしに気づくとちょっと立ち止まって、口を開きかけたが、すぐシカトに転じて通り過ぎていった。一瞬だけ交わった視線は淀《よど》んでいて、鏡を覗いているような気分になった。こっちも無視を決め込む。あいつのことはあまり好きじゃない。六月に起きた事件のどさくさで、あいつにあたしの秘密がいろいろばれてしまったから。

この県立風ヶ丘高校に入学してから今日までの間で、あたしは二度ほど小さな衝撃に見舞われた。

最初は一年の秋。放送部の部長と対峙《たいじ》したとき。証拠を突きつけられて、強い目力で見据えられて、結局あの日以来、あたしのちょっとした反抗期は終わりを迎えてしまった。かといって真面目な生徒に大変身したわけでもなかったけど、放送部の彼女には全額返金の上何度も謝罪した。

我ながらアホらしいきっかけだよなあとも思うが、まあ、実際それほどアホだったということで、あたしの器《うつわ》にはちょうどいいのかもしれない。

それにアホらしいというなら、今年の四月にやって来た二度目の衝撃のほうがはるかにアホらしいだろう。最初とは別の意味で。

「あ、針宮さん」

一階まで下りて渡り廊下に差しかかったとき、名前を呼ばれた。他の男子と違って太さのない、幼い声だった。校内であたしの名前を気さくに呼んでくる人間なんてのは数えるほどしかいない。ましてや高校生でこんな声変わり前みたいな音域なら、正体は決まりきっている。

横を向くと案の定、廊下の向こうに早乙女《さおとめ》がいた。相変わらず名前どおりの華奢《きゃしゃ》な体で、こっちへ近づいてくる。片手に持ったデコボコしたレジ袋が重そうだった。まったくこの学校ときたら、まともな逞《たくま》しさを持つ男はいないのだろうか。

横に並んだところで、「どうも」「ん」とごく短い挨拶。

「夏休み中に学校なんて、珍しいですね。どうかしたんですか」

「別に……図書室で暇潰ししてた」

あたしだってたまには文学少女を気取るぞ、と借りたばかりの文庫本を突き出してやったが、早乙女はもう片方の手に持ってる空き缶のほうに目を留める。

「じゃあそのファンタ、もしかして図書室で……」

「ああ、漫画読みながら飲んだけど」

「だ、だめですよ。図書室、飲食禁止なんですから」

「え?」

小動物めいた顔を慌てさせる早乙女に、思わず聞き返した。なんだそりゃ、初耳だぞ。

「いや、だって、お茶とか飲んでる奴もいたし」

「ペットボトルとか水筒ならいいんですよ。でも、缶とか紙パックはこぼす危険があるからだめなんです。貼り紙で大きく書いてませんでした？」

思い出そうとしてみたが、記憶の中の図書室は漫画コーナーの棚以外、ピントがずれてぼやけまくっている。

「……気づかなかった」

「気をつけないと、また怒られちゃいますよ」

取るに足らないことなのに本気で心配するような顔をされた。こうなるともう「わかったわかった」と素直にうなずくしかなかった。

「でも、誰にも注意されなかったけどな……あ、待てよ、委員長に何か言われかけたっけ」

「ほら。きっとそのとき注意するつもりで……わっ」

数歩前に出てあたしの正面を視界に捉えたとたん、早乙女は顔を真っ赤にしてそっぽを向いてしまった。

「あの、針宮さん、ボタンが……」

「あ？……うわっ」

あたしも小さく悲鳴を上げる。ブラウスの胸のとこのボタンが一個外れて、下着が覗いていた。なんだこりゃ、いつの間に——あ、本を選びながら服をバタバタやったときか。

ああ、これで全部納得がいった。あたしに注意をしようとして、体を向けたら目を逸らした図書委員長。裏染が立ち止まったのも見えてる下着に気づいたせいかもしれない。くそ、あの野郎、次に会ったら殴ってやる。

羞恥に呻《うめ》きながらボタンをかけ直すあたしの横で、早乙女はくすくすと笑う。

「針宮さん、意外と天然ですよね」

「うるさい」

睨みつけてやると、早乙女は降参するように肩を縮ませた。手に提げたレジ袋の中には、お茶のペットボトルが六本も入っている。

「お前のほうのそれはなんだよ。全部自分で飲むのか」

「そんなまさか。パート練の休憩時間に買ってこいって言われて、ちょっとコンビニに」

「買ってこい？　なんだそりゃ、パシリか」

「違いますよ、遊びでやった王様ゲームで負けちゃったんです」

部活中に王様ゲームとは、ずいぶんといい御身分だことで。帰宅部で委員会にも入ってないあたしの言えた義理じゃないけど。

「……夏休み中、ぜんぜん会えませんでしたね」

ふいに、早乙女がつぶやく。あたしはまた「ん」とだけ返した。

のたのたと歩いて隣の校舎まで行く間、早乙女は近況をいろいろ報告してくれた。

十月の頭にブラバンのコンクールがあること。三年が引退したので一年生も演奏できる初めての大会で、今練習しているのは「シング・シング・シング」という有名曲であること。ジャズの定番らしいが、題名だけじゃどんな曲だかあたしにはわからなかった。顧問が曲をアレンジし、自分は序盤でクラリネットのソロを任されたこと。パート練習の場所が第二校舎の狭い空き教室になってしまい、音漏れ防止で窓やドアを開けることができず、暑くてしょうがないこと。

嬉々として話したり、苦笑しながら愚痴ったり。表情をころころ変えるちびっこい姿は、見ていてとても面白かった。こめかみの辺りが汗ばんでうっすらと光っている。眩《まぶ》しい。あたしと、釣り合わないくらいに。

「だから、ソロの練習が大変で。終盤の先輩の担当よりは短いんですけど、吹くたびに緊張しちゃって。ずっと……ずっと、練習しなきゃいけなくて」

そこで早乙女は口をつぐんだ。一ヶ月間会えなかったことの、言い訳をしてるみたいだった。別にこいつが悪いわけじゃないのに。悪いのはきっと、時間があったのに何もしなかったあたしのほうだ。一歩踏み出したきり止まっている、あたしの。

第二校舎に入ると、早乙女は「じゃあ、ここで」と言ってあたしと別れた。パート練習の狭い空き教室とやらへ戻るのだろう。

「ソロ、がんばれよ」

その背へ声を投げる。早乙女は振り向いて、にっこりと笑ってくれた。無邪気なその笑顔はぼやけることなく、あたしの頭の中に刻まれた。うん、よしよし、満足。……いや、こんなのが満足でいいのだろうか。

早乙女と恋仲になって、もう三ヶ月近く経つ。

冬期限定
ボンボン
ショコラ事件
米澤穂信

禁忌の子
山口未桜

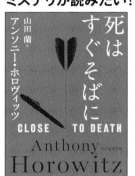

でも、一ヶ月ぶりにたまたま会って、廊下で少しだけ話を聞いて、すぐ離れ離れになって。思い描いていたものとは、なんだか少し違う気がする。たぶん違う。というか、絶対違う。違うというのだけはわかるけど、どうすればいいのかはわからない。わからないまま、あたしは一人で廊下を彷徨《さまよ》うことしかできなかった。

暑い。人気《ひとけ》のない校内を埋め尽くす、見えない熱波。しぶとい蟬《せみ》の鳴き声。校舎のそこら中から吹奏楽部の練習も聞こえた。ホルンやトランペットが音合わせをするときの、ファ、ファ、ファ、ファ、ファー、という単調なリズム。早乙女がそこにいるのはわかりきっているのに、遠くから響く音色には決して触れることができない。

いらいらして手に力を込めると、冷たさのとっくに失せたアルミ缶が、情けない悲鳴を上げてへこんでいった。その手応えのなさが、ますますあたしをいらつかせた。

怒られたって知るもんかと、缶を思いきり床に投げつけてやりたくなったとき。

——すみません、開けてください。ちょっと。開けてくださいってば。

別れたばかりの早乙女の声が、もう一度耳に届いた。

声は張り上げられて、少し震えていた。一緒に、ガンガンというノックのような音も聞こえる。廊下を引き返すと、第二校舎の北側の廊下、小さな教室のドアの前で、早乙女が立ち往生《おうじよう》していた。

「開けてください。聞こえてるでしょ。先輩！　みんな！」

近づく間もドアは叩かれ続ける。「どうかしたか」と声をかけると、早乙女はあたしに気づいてすぐその場から後ずさった。

「あ、いや……ドアが開かなくって」

試してみたが、確かに鍵がかかっていて引き戸は動かなかった。普通の教室の半分程度の大きさしかない部屋なので、戸はこの一ヶ所だけ。小窓がはめられているが、曇りガラスだから中の様子はわからない。

「中にみんないるはずなのか」

「はい。クラリネットのメンバーが……」

中で何かあったのか。一瞬そう思ったけど、聞き耳を立てるまでもなく、部屋の中から楽器の音が漏れているのに気づく。高く柔らかいクラリネットの音色が一筋。バーで女を口説いてる男みたいな垢抜けたリズムで、次々と音が流れてゆく。

教室でパート練習をしていて、休憩を挟むことになり、ゲームに負けた早乙女がコンビニへ買い出しに出かけた。そのあと、中の誰かが誤って鍵を閉めてしまった。声もノックも演奏音で聞こえてない。そういうことか？

それとも——

「おい、開けろよ！」

クラリネットの音を掻き消すように、あたしは叫んだ。潰れた缶ごと拳を握って、ドアに打ちつけようとする。でも、

「はいはーい、ごめんね。今開けるから」

中から聞こえたはきはきとした返事に、勢いを殺された。演奏が止まって、何やら笑い合うみたいな声が漏れる。しばらくしてから、ドアが開いた。

廊下に顔を出したのは、くっきりしたどんぐり眼《まなこ》の女子だった。早乙女に向かってはにかんでみせ、それからあたしのほうを見て、警戒するように顔を強張《こわば》らせる。まあ、いい。こういうリアクションには慣れてる。それよりも中の様子が気になって、あたしは開かれた入口から部屋を覗いてみた。

壁際に数脚の机がまとめられた、粗末な空き教室だった。図書室と同じようにカーテンから透けた陽射しが黄色く室内を照らしており、流れてくる空気は廊下以上に蒸されていた。教卓の上にはメトロノームと小さな楽器チューナー。中央には椅子と譜面台が円を描くように並べられ、早乙女のパートメンバーたちがクラリネットを膝の上に載せて座っていた。どんぐり眼を入れて五人いるが、全員女子だ。

「ごめんね、オトメン。またやっちゃった」

さっきと同じ声がして、こちらに背を向けていた一人が立ち上がり、振り向いた。

「いえ、山吹《やまぶき》先輩……別に、いいんです。こっちこそ騒いじゃってすみません」

早乙女はあべこべに謝ってから、部屋の中へ入る。オトメンってのはあだ名だろうか。廊下からじっと見続けていると、山吹先輩と呼ばれたその女は、あたしに向かって微笑んできた。

「あの声、針宮さんだったんだ。ごめんね、お騒がせしちゃって」

そいつもあたしみたいに長髪で、毛先が軽く波打っていたけど、印象はまるで違った。髪の色が黒いせいか、それともリボンをきちんと締めているせいか。やっぱり一番の差は目元だろうか。瞳には刺すような威圧感なんてまったくなくて、代わりにこの世のすべてを面白がれるような好奇心が溢れていた。これぞ十代って感じの、あたしなんかが見つめていると灰に変わってしまいそうな輝き。別にスカートが短すぎるわけでもないのに、露出した美脚は充分長くて、スレンダーな体形を強調していた。

あたしの名前を知っているということは同学年――二年生だろう。で、この破壊的なかわいさと山吹という名前。誰だっけ、と記憶を探ってすぐに思い当たる。一年のとき同じクラスで、あたしとはほとんど話さなかったけど、女子の中ではやたら目立っていた。クラスが離れてからも、男子が噂しているのをときどき小耳に挟む。

二年A組、山吹遊莉《ゆうり》。

「……なんか、こいつが部屋に入れなくて、困ってたみたいだったから」

あたしは慎重に言い訳をした。早乙女との関係は、周りには秘密にしてある。

「そうなんだ、ごめんね。オトメンが出たとき鍵かけちゃったみたいで。練習してたせいで気づけなくってさ」

「あ……そう」

「オトメン、飲み物買ってきてくれた？」

「はい、一応」

「そっか、サンキュー。もう喉カラカラ。おつかい頼んじゃって本当にごめんねー」

ごめんね。山吹は短いやりとりの間に五回もその言葉を使った。魅力的な笑顔は崩さず、口癖のように軽い調子のまま。

彼女はパートリーダーなのだろう、「ほらほらみんな、水分補給」と他のメンバーにも声をかける。早乙女がそれぞれに買ってきたものを配る間、女子たちがアイコンタクトを取り、いたずらめいた笑いを浮かべ合うのを、あたしは見た。

——なんだよ、これは。

本能的に身構える。

よく見ると室内はけっこうだらしなくて、黒板の前にそれぞれの楽器ケースとバッグが放るようにして重ねられ、重量を増やしてるだけとしか思えないキーホルダーの束が、ジッパーのつまみの先で揺れていた。山吹の椅子の足元には、キャップに細かい傷のついた制汗スプレー。譜面台の出っ張りには化粧や汗を落とすのに使う洗顔シートが丸められ、楽譜の隅にシミを作っている。

薄暗く狭い部屋の中で、小汚いものに囲まれて、見た目だけは綺麗なまま隠し事に浸る少女たち。何度も感じたことがある苦手な雰囲気だった。たとえばそう、女子トイレだ。用もないのに洗面台の前に集まって、とめどなく交わされる秘密めいた会話。それは単なる残酷な軽口にすぎなくて、悪口でもなければ陰口でもない。だからこそ性質《たち》が悪かった。彼女たちは悪びれたりなんてしない。だって、この世のすべてを面白がれるんだから。

あれ、緑茶って言ったのにウーロン茶？　あ、ごめん、間違えたかも。ふーん、まあいいけど。ウーロン茶って、喉に悪いんだよね。え、何それホント？　そうだよ。演劇部の人が言ってた。さてはオトメン、あたしらの喉を潰す気か。刺客だ、刺客。い、いや、違いますよ、そんな。あはは、冗談だってば。

山吹たちはあたしのことを、たまたま親切心を発揮した通行人の不良Aくらいにしか思ってなくて、もう気にかけてすらいなかった。「オトメン」もこっちのほうは見もせずに、彼女たちと話を合わせながら缶に口をつけている。

ドアが境になって、あたしの立っている廊下と空き教室の中とでは、気温も空気も親密度も完全に分断されていた。そこに交ざることなんて絶対にできなくて、あたしはただ眺めているしかなかった。

やがて、もう一度近づいてきたどんぐり眼が当たり前のように戸を引いて、その境界線さえも閉ざされてしまった。

セカンド（同・八月二十一日）

校舎の外に出ても吹奏楽部の練習は低く聞こえ続けていた。一度意識してしまうともうだめで、図書室ではまったく気にならなかったはずのその音色が、今はどうやっても耳から追い出せない。

ついでに暑さも大して和《やわ》らがず、林のそばなので蚊が寄りついてきてひどく鬱陶《うっとう》しい。あたしは早々に読書をあきらめて、文庫本をベンチに投げ出してしまった。そもそも静かな場所に行けたとしても、本を読むような気分にはとてもなれなかった。頭の中ではさっきの出来事がまだグズグズとくすぶっている。

「これ、二度目なんです」

ドアが閉められたあともあたしは廊下の隅にがんばり続けて、トイレに出てきた早乙女を捕まえた。どうなってるんだと問い詰めると、早乙女は観念したように壁に背を預け、事情を語った。

「この前の休憩時間にも買い出しに行かされて、その間に鍵閉められちゃって。開けてって言ったんですけど、しばらく開けてもらえなくて」

「……なんだよ、そりゃ」

こき使われて、閉め出されて、笑われて。

「そんなの、ただのいじめだろが」

「い、いえ、そういうわけじゃないんです。買い出し係はゲームで決めてるし、お金もちゃんともらってるし。鍵が閉まってたのも、本当に偶然かもしれないし」

「でも」

「いえ、本当に違くて……僕は、なんていうか、いじられやすいだけで」

早乙女は目を伏せた。照れたように。耐えるように。

「子どもっぽいからよくからかわれるんです。新聞部の池君《いけ》とかとセットで〝風ヶ丘ちっちゃいものクラブ〟とか呼ばれたりして……まあ、池君は喜んでるんですけど」

風ヶ丘ちっちゃいものクラブ？　なんだそのどっかで聞いたようなフレーズは。

「だから、深刻じゃないっていうか、別に大したことじゃないんで」

「いや、だけど……」

「本当に、大丈夫なんで」

早乙女は珍しく強い声を出して、あたしの言葉を断ち切った。それから小さく「心配してくれて、ありがとうございます」とつけ足して、離れていった。

下を向いたままの、ますます丈が低く見えるその背中に、今度は何も言ってやることができなかった。

キンッ。

グラウンドで軽い金属音が響く。野球部がホームランだかフライだかを打ち上げたのだ。なんの悩みもなさそうな白球はまっすぐ伸びて、陸上トラックのほうへ落ちていく。ここからだと、青い空の背景にそのまま溶け込むようにも見えた。

早乙女は、大丈夫だと言った。本当にそうなのだろうか。あいつはあいつなりに、吹奏楽部でうまくやっているのだろうか。あたしのは余計なおせっかい？　それとも、やっぱり他のメンバーから笑われて、苦しんでるのか。

何もわからなかった。そりゃそうだ、ぜんぜん会っても話してもいなかったんだから。でも、それじゃあ、あたしはどうしたら。

「あー、くそ」

頭がパンク寸前になって、悪態をついた。吐き出されたわだかまりはボールみたいにそのまま飛んでいきなんてせず、いつまでもあたしの周りにどろどろと堆積した。空に溶けるには、不純物が多すぎたのだろう。

ふと、放送部の部長のことを思い出す。あの瞳みたいに曇りのない感情がうらやましかった。後輩思いの放送部部長。あいつならこんなとき、どうするのだろうか。

聞いてみたかったけど、それはもう永遠にできない。あいつは自分なりの筋を通そうとした結果、二ヶ月前の事件で理不尽な死に方をしてしまったから。

風が吹いて、グラウンドから砂埃《すなぼこり》が舞い上がった。あたしはベンチにもたれて、一瞬だけ塵《ちり》で濁った空を見上げた。

やっぱり中学のころから、見える景色は変わっていない。

いつだって世の中は馬鹿げている。

そして、究極的に不器用で、身動きが取れないままでいるあたしだって、きっと同じ穴のムジナで。

「……向いてないよ、こんなの」

誰にともなく、そんな弱音が漏れた。

早乙女と出会ったのは今年の四月のことだ。

あたしは生徒指導室へ行こうと階段を上っていた。消火器を壊した疑いとかなんとかで呼び出されたのだ。もちろん濡れ衣《ぎぬ》で、こんなときドラマなら「あいつはそんな奴じゃねえ！」と友達や熱血先生が必死でかばってくれたりするのだろうけど、あたしは「まあこんなもんか」と冷めた気持ちだった。普段から悪ぶってるくせして、いざ疑われたからといって怒るのはやっぱり筋違いだろう。おとなしく従って、おとなしく弁明するに限る。

でも、何にせよ、行くはずだった指導室には辿《たど》り着けなかった。黒くてでかくて〈YAMAHA〉というロゴの入った丸っこい塊《かたまり》が、今にも倒れそうな足取りで下ってくるところに鉢合わせてしまったから。

吹奏楽部で使う楽器。カバーがかけられててよくわからないが、たぶん打楽器。ティンパニとかいうやつ。運んでいる人間の顔は見えなかった。ということは、向こうもあたしの姿を認識できていないだろう。脇にどいてやろうとした瞬間、そいつは段差を踏み外して大きくよろけた。こっちに倒れられちゃ敵《かな》わないと思って、あたしは慌てて手を伸ばして、反対側から支えてやった。そして、初めて目が合った。

一瞬、髪をベリーショートにしてる女子かと思った。でも、襟元にはリボンの代わりに深緑のネクタイを締めていたし、楽器の下から覗く脚はちゃんとスラックスを穿《は》いていて、勘違いだとすぐに気づく。

「あっ……すみません」

ただでさえ赤い頬をますます赤らめ、そいつはあたしに謝った。ティンパニは、二〇キロ以上はあるだろうか。二人がかりでもけっこう重い。

「どこ運ぶんだ、これ」

「し、新体育館です」

「新体かよ、遠いな……お前、吹奏楽部？」

「あ、はい」

「じゃ、部員がもっといるだろ。誰かに手伝ってもらえよ」

「いや、新入生で男子は僕だけなんで……女の子に手伝わせたら、かわいそうだし」

「……気づいてないかもしんないけど、あたしも一応女子だぞ」

「あ、そ、そうですよね！　すみません、ありがとうございました。一人で大丈夫ですから」

階段を最後まで下りると、そいつはあたしの手を振りきって歩くペースを速めた。そして五メートルも行かないうちに楽器を床に下ろして、ぜえぜえ肩を上下させた。まったくもって大丈夫じゃない。

あたしは黙ったまま、もう一度反対側から支えてやる。単なる気まぐれだった。だけど相手は「え、あ」と言葉をつかえさせてから、「ありがとうございます……」と、消え入りそうな声で礼を言った。

かわいいな、と、そう思った。

そう、ここらで突っ込んでやらねばならない。逆だ。完全に逆だ。重い荷物を持ってやるのも、そこでたまたま顔を合わせた新入生をかわいいと思うのも、何もかも普通は男子が取る行動で、相手は女子であるべきなのだ。それでもあたしは手を伸ばしてしまったし、目の前のそいつは確かに、あたしの頭を揺さぶるには充分すぎるくらい、かわいらしかった。

これが、二番目の衝撃の顚末。

新体までの道すがらで、ちょっと話して別れてそのまんま、という展開も大いにありえたのだろうが、先輩に優しくしてもらったのが初めてだったのだろうか。あたしがよく外のベンチとか木陰で昼飯を食べてるってことを知ると、早乙女もちょくちょくそこへやって来るようになった。大抵、移動教室の場所が覚えられないだとか、学食が混んでいて困ってしまうだとか、いかにも新入生っぽい相談に乗ってやった。

童顔で小柄だから苦労が多いという話もされた。あたしの見た目に比べりゃましだろ、と自虐ネタを披露してやったが、見事にスベった。早乙女は笑ったりせず、そんなことないですよ、と持ち前の天然さで返してきた。針宮さんは綺麗じゃないですか、と。魔女みたいとからかわれてたあたしに、綺麗だと言ってくれた。

たぶん、それがきっかけで、あのとき勇気を振り絞ることになったのだろう。

五月の末の文化祭。去年はサボった後夜祭というのに参加した。夜の校庭と、キャンプファイアーと、テンションの高い生徒たち。離れた場所から眺めていると、いつの間にか横に早乙女が並んでいた。

うちの学校には〝文化祭マジック〟などといういやな言葉があって、要するに文化祭に乗じて告白すると勢いで成功しますよ、というマジックでもなんでもないジンクスなのだが、ちょっとだけいつもと違う雰囲気の中、あたしもそんな流れに呑まれてしまった。早い話が告白めいたことをしたわけだ。

早乙女は最初、ひどく驚いた様子だった。けど、姿勢を正してから黙ってゆっくりとうなずき、それからちょっと頰を染めて、親がそういうの厳しいんで、なるべく内緒で……と、また女子みたいな台詞《せりふ》を言った。

少なくともこのとき、あたしは心になんの濁りも持たない輝ける高校生だった。帰り道に見た満天の星空は欠片《かけら》も馬鹿げてなんかいなくて、ひたすら美しかった。

でも、問題はそこから先だ。

あたしは一歩踏み出したきり歩き方がわからなくなってしまった。そりゃ、一緒に帰ったりどさくさで手をつないだりしたこともあったけど、夏休みに入ってからはそんな些細《ささい》なことさえもできていない。中途半端なまま、おろおろと足踏みするばかりで。

どうしたらいいのだろう。

あたしは早乙女と、このままうまくやってけるのだろうか。

向いてない――もう一度繰り返して、あたしは膝の上に突っ伏した。

ニア・サード（八月二十二日）

　次の日は、天があたしに同情したみたいな曇り空だった。数日ぶりに太陽が隠れたので、痛いくらいの陽射しに煩《わずら》わされることはなくなったが、蒸し暑さに変化はなし。どうせなら気温も下げてくれよ、と心の中で文句を垂れながら、あたしは窓から見える雲を睨みつけた。

「だめだ終わらん。アイス食べたい……」

　向かいで呻き声がする。昨日と同じ女子卓球部の二人組。ポニーテールのほうがシャーペンを投げ出し、セミロングの相方が横から「いいから黙って手え動かしな」と鬼教官みたいな叱《しっ》咤《た》を飛ばしていた。宿題に手こずっているようだ。

　似たような光景は図書室のあちこちで見受けられた。夏休み終了が確実に迫っているせいだろう。卓球コンビと同じく、学校へ来たついでに宿題を終わらせようとする生徒たちが何人か増えている。呑気《のんき》に本を読んでいるのは、あたしとカウンターの図書委員長くらいだった。

——いや、正確に言うとあたしは読書に集中してなかったし、そんなに呑気でもなかったけど。

　借りた文庫は最初の「何もかもが究極的」から先、まったく読み進められていなかった。面白いとは思うのだが、どうしてもページをめくる気が起きないのだ。「だめだ終わらん」はまさにあたしのほうの台詞だった。たった一冊の本でさえ途中で躓《つまず》いてしまう。

いやになる。

あたしは席を立つと、図書室の出口へ向かった。カウンターの前を通るとき、文庫本を叩きつけるようにして返却した。委員長の怯えるような目線を背中に感じる。かまうもんか。開き直って、早足で出ていく。

吹奏楽部の練習音は、今日も廊下に低く響いていた。

まだパート練の最中なのか学校のあちこちから聞こえてくるが、それぞれの音色が重なり合って、ビッグバンドの演奏のようにも聞こえる。低音で土台を支えるトロンボーンと、よく目立つトランペット——その中にときおり混ざる飄々《ひょうひょう》とした合いの手は、クラリネットだろうか。

いつだったか、早乙女のクラリネットを借りてちょっと吹かせてもらったことがある。マウスピースをくわえて、汗だくになるまで息を入れても、掠《かす》れた口笛みたいな音しか出せなかった。楽器を吹くのは重労働だと初めて知った。上手く吹くこつを聞くと、早乙女は基本になるアンブシュアという口の形と腹式呼吸のやり方を丁寧に説明してから、あとは気持ちを込めることですかね、などと言って笑った。

気持ちを込めなければ、楽器から音は出ない。

それじゃあ、あの音の中で渦巻いているのは、いったいどんな気持ちなのだろうか。

耳を塞《ふさ》ぎたくなったけどそれはさすがに負けた気がして、代わりにあたしは歩調をさらに速めた。ほとんど走るようにして昇降口を目指す。そうすれば自分の足音の反響で、音をかき消せると思った。でもやっぱり、敵はどこまでもあたしを追いかけてきた。怪しげに這《は》い寄るオーボエやフルートが、鋭く抉《えぐ》るような金管楽器が、耳にこびりついて離れない。ついでに打楽器の音も聞こえた。動悸にも似た、ドン、ドン、ドンという音。そして、声——

「開けてください！　お願いします、開けてくださいよ！」

あたしは立ち止まった。

打楽器なんかじゃない。ノックだ。

渡り廊下を抜けて、第二校舎の北側に駆け込んだ。早乙女は今日も幼い声を張り上げて、非力な拳でドアを叩き続けていた。仲間たちによって閉ざされたドアを。

あたしと目が合うと、早乙女はあきらめたように両腕の力を抜いた。片手のレジ袋にはお茶のペットボトル。ドアの向こうからは、聞き覚えのあるメロディーが一筋。何もかも昨日と同じで、ただ一つ、早乙女の瞳だけがわずかに違う。

瞳は、涙で潤んでいた。

一瞬だけ、頭が氷のように冷えていった。その隙を突いて、パズルのピースがいくつも組み合わさった。王様ゲームで決めた買い出し係。一筋だけのクラリネット。偶然鍵を閉めてしまって、演奏していたせいでノックに気づかなかった？

そんなわけ、ないのだ。

クラリネットは音が重なっていない。吹いているのは一人だけ。それなら、残りの四人は手持ちぶさたのはずだ。一人が演奏に集中していたとしても、他の四人は絶対ノックの音に気づくはずだ。

そう考えると、王様ゲームもきな臭い。ジャンケンじゃなく、王様ゲーム。当たりを引いた一人が、自由に命令を出すルール。サインなり目印なりでどのくじがどの番号かがわかるようになっていて、早乙女以外の全員がそれを知っていたとしたら。三連続であいつをパシリに使うことだって簡単だろう。

何もかも、オトメンなどと呼ばれるこいつをからかうため。吹奏楽部兼〝風ヶ丘ちっちゃいものクラブ〟のいじられキャラを笑うため——

引いた怒りは、そのぶん大きな波となって、一気に押し寄せてきた。

気がつくと、あたしはドアを殴りつけていた。ノックでも声かけでもなく、本当に鍵ごとぶち破るつもりで、手加減せずに襲いかかった。一撃目でクラリネットの音がやみ、二撃目の途中で早乙女があたしを止めにかかった。振り払うようにして三撃目。「待ってよ、待ってってば！」と山吹の声。四撃目を入れようとしたとき、鍵の外れる音がしてドアが開いた。

たぶんあたしは、いつもより数段怖い目をしていたのだろう。さすがの山吹の笑顔も、このときばかりは翳《かげ》りを見せた。

「針宮さん……どうしたの？」

引き戸の端を用心深く握ったまま聞いてくる。あたしは息を整えるのに精一杯で、しばらく答えられなかった。最初にも言ったけど、別に腕力があるわけじゃない。三回も打ちつけた右手から鈍い痛みがこみ上がって、脳をじんじんと痺《しび》れさせた。

部屋の中の様子は昨日とまったく変わっていなかった。カーテン、蒸し暑い空気、重ねられてぺちゃんこになった荷物。メトロノームと制汗スプレーと、楽譜を湿らせる洗顔シート。どす黒い枯れ木みたいな譜面台の合間合間から、女子たちは顔を覗かせあたしを見つめていた。魔女を恐れる妖精たちみたいに、肩を縮ませて。

「……いいかげんにしろよ」

低い声で、そう言った。山吹は「え?」と聞き返す。

「早乙女を閉め出すのは、もうやめてくれ」

「オトメンを? そんな、閉め出すだなんて……ただ、鍵かけちゃっただけだし」

「それをいいかげんにしろって言ってんだよ」

「あ、あの針宮さん、もう……」

早乙女が服の裾を引っ張ってくるが、あたしは止まるつもりはなかった。脳裏にはさっきの涙目が刻み込まれていた。

一歩山吹に近づく。その背後、教壇に重ねられたバッグの端で、キーホルダーが揺れているのが見えた。クラリネットの小さな模型と一緒に、〈常に全力!〉という体育会系っぽいスローガンの書かれたプレートがくっついている。周りに手書きで書き込んである細かい文字は、パートメンバーたちの名前だろうか。同じものがどのバッグにもぶらさがっていた。

今のあたしには、その一体感がひどく空虚に思えた。

「……あんたら同じパートなんだろ。だったらこんな馬鹿げたこと、やめろよ。こいつを……

こいつをいじめたって、しょうがないだろ」

「な、何言ってんの？　意味わかんないんだけど。うちらはただ、その」

もういい、と、あたしは言葉を遮《さえぎ》る。

「とにかく、閉め出すのはこれでやめろ。パシリもだ。次やったら、ただじゃ……」

「ちょ、ちょっと待ってよ！」

山吹は声を荒らげた。早口で逆ギレしたように責めてくる。

「いじめとかパシリとか、なんなのさっきから？　別にうちらのことなんて、針宮さんには関係ないでしょ！　どうしてそんなにオトメンの肩持つわけ？」

言葉に詰まった。確かにあたしが早乙女を助けるのは、傍《はた》から見ればわけのわからない行為だろう。部活も学年も周りからの印象も、まるで違うのだ。

つきあってることをばらそうか、ばらすまいか。いや、そもそも本当につきあってるのか？

あたしはまた迷って、口ごもった。それが仇《あだ》になった。

すかさず山吹が、少しトーンを落とした声で続けた。

「それに……いじめやめろとかって、針宮さんに言われる筋合いないし」

「………」

そうだ。

あたしは一歩詰めたはずの距離を、後退してしまった。

あたしの言える筋合いじゃまったくないのだ。

あたしには彼女たちを責めることなんて、できないのだ。自分も同じようなことをやっていたのだから。むしろ、器用じゃない分その悪はあたしのほうが顕著で、今だってこんなに乱暴なままで。きっと山吹も、一年のときあたしの存在に怯えていて。

そんな——そんなあたしが彼女たちに指図するのは、やっぱり筋違い以外の何物でもないのだろう。

あんなに耳障りだったはずの練習音はいつの間にか全部消えていて、自分の息遣いだけがやたらと大きく聞こえた。あたしは足元へ目を落とし、それから早乙女のほうを見た。幼げな顔を弱々しく歪めて、早乙女もあたしを見つめていた。弱々しい？　違う、本当に弱いのはあたしのほうだ。何もしてやれない。好きな人が困っているのに、あたしには助ける資格がない。

——いやだ。

心の中で叫んだそれは、ただの我儘《わがまま》だった。もう我儘でもよかった。笑われようがなんだろうが、早乙女を救えるならなんでもよかった。

「でも」とだけあたしは声を絞り出す。高圧的な響きはすっかり失せている。資格がないなら下手からすがりつくしかない。確かに筋違いだけど、でも。

でも、頼む。もうこいつには、何も。

そう言おうとしたとき、

「先輩、すみませんでした」

早乙女があたしと山吹の間に割って入った。そしてパートリーダーに向かって、深々と頭を下げた。

「僕がちょっと大げさに言いすぎちゃって。針宮さんも、ごめんなさい。誤解なんです」

「……何言ってんだよ。だって、お前」

「もう、大丈夫ですから」

「大丈夫じゃないだろ！」

たまった鬱憤《うっぷん》をぶつけてしまう。早乙女はびくりと肩を震わせた。山吹が止め役に転じて、あたしをなだめようとする。

「は、針宮さん落ち着いてよ。そんなに……」

でもその声は、どういうわけか途中で途切れた。同時にあたしの背後で、シュコッ、という場違いに爽《さわ》やかな音がした。

振り返ると、裏染がいた。

相変わらずのだらしない私服で、空けたばかりの缶コーラを口に運んでいた。「あー、なんかやってるな」程度の大して興味もなさそうな目であたしたちを一瞥《いちべつ》し、空き教室から流れ出た蒸し暑さに当てられたかのように、軽く顔をしかめる。そして、何も言わずに通り過ぎていった。

わずかな間、あたしも山吹も早乙女も全員が沈黙した。パアー、と、また金管楽器の音が遠くから聞こえた。消えたわけじゃなかったか。

「じゃ、これで……。針宮さん、どうもすみませんでした」

最後にもう一度だけ謝って、早乙女は空き教室のドアを閉めた。とたんに山吹の、「なんなのよ、あの人」という不満げな声。でも、あたしは他のことを考えていた。

痛む右手をひとさすりしてから、裏染のあとを追う。

奴は廊下の端の非常口を開けて、上履きのまま外に出ようとしていた。この出口からだと文化部の部室棟が近いので、よく文化部所属の奴らが似たようなことをしてるのを見かけるが、こいつって部活なんか入ってたっけ？

つくづく意味のわからん奴だけど、まあいい。気にせずあたしは「裏染」と名前を呼びかけた。奴は、非常扉をちょっと開けたところで動きを止めた。

「……なんか用か」

「頼みがある」

「断る」

「あたしの代わりに吹奏楽部に……え？」

こ、ことわる？

「こう見えて俺は忙しい。録画も未視聴も山積みなんだ。他をあたってくれ。それじゃ」

「ちょ、ちょっと待てふざけんな。待て！」

こんなに早く立ち去られてたまるか。あたしは裏染の襟の後ろに手をかけると、こっちへ思いっきり引き戻した。奴は首ねっこをつかまれた猫みたいに簡単に従って、そのままの勢いでよろけて壁にぶつかる。か、軽い。早乙女より軽いんじゃないか。いや、早乙女を持ったことはないのでわからないけど。

「……なんなんだよ」

「頼みを聞いてくれ。あたしじゃ無理なことなんだ」

裏染はいやそうな顔をしながら黙ってコーラをすすった。ＯＫってことでいいんだろうか。

「さっき、あたしらが空き教室の前で揉めてるの、見たろ」

「お前が彼氏と喧嘩してるとこなら見たよ」

「あ、あれは一瞬だけで、その前は山吹と言い合ってたんだよ」

あたしは手短に、王様ゲームや一筋だけ聞こえるクラリネットなどの明らかに怪しい状況を話して、早乙女が陰湿ないじめを受けていると説明する。

「だから、どうにかしてやりたいんだけど……」

「お前の言えた義理じゃないな、カツアゲ犯」

ぐっ。どストレートな言葉が胸に突き刺さって、思わず膝をつきそうになった。というかこいつ、やっぱりそのことも知っていたのか。

「そ……そうなんだ。だから、お前が代わりに動いてくれないか」

裏染はいけ好かない奴だしひねくれ者だけど、成績だけは異様によくて、二年生の間じゃ一目置かれている。その力は六月の事件のとき、あたし自身も目の前で味わっていた。こいつが言えば、山吹たちもやめてくれるかもしれない。そう思った。そもそもろくに友達がいないあたしには、これぐらいしか頼みの綱がないのだ。

裏染は炭酸で痺《しび》れた喉を休ませるように、深く息をつく。

「だいぶ理不尽なこと言ってるぞ」

「……わかってるよ」

突然こんなことを頼むのもおかしいし、あたしには頼む資格もない。

「けど、あたしのこととあいつが苦しんでることとは別問題だろ。助けてやってくれよ」

「だからって俺が動く理由にはならないな。気の毒だとは思うが、別にお前の彼氏がどうなろうが俺には関係が……」

「お前、昨日あたしのブラ見たろ」

ふいに思い出して痛いところを突いてやると、裏染の高飛車な弁舌はそこで止まった。顔はノーリアクションを決め込んでいたが、瞳が左右に泳いだのをあたしは見逃さなかった。こいつ、やっぱり見てやがったか。

「下着をチラ見してくる変態を殴るのは、別に理不尽じゃないよな？」

「……あれは、たまたま目に入っただけだ」

「じゃ、立ち止まったのもたまたまか？」

これがとどめだった。奴の眉が、わずかに歪む。

「お詫びにやれってか」

「本当に、頼むよ。あたしは……あたしはあいつに、何もしてやれないから」

はっきり言葉にしたとたん、さっきは我慢したはずの涙が今になってこぼれ落ちそうになった。視界が滲む。あたしは裏染に悟られぬよう、うつむいて前髪で顔を隠す。

裏染は答えないまま、廊下の向こうの空き教室を見やった。それから、「いじめ、ねえ」と小さくつぶやいた。

「クラリネットパートが今練習してるのって『シング・シング・シング』か」

「え？……ああ。よく知ってんな」

「そりゃ、朝から晩までメロディーが聞こえてくるからな」

朝から晩まで？　まるで学校に住んでるみたいな妙な言い方だった。それに、どうしてこの状況で曲名のことなんて尋ねるのだろうか。

「あれにはいくつかバージョンがあったはずだ。早乙女たちがやるのはどれだ」

「し、知らないけど、顧問がアレンジしたとか言ってた。早乙女は序盤でソロをやるって」

「序盤？　そうか。本番はいつなんだ」

「……確か、十月の頭だったかな」

「ふうん……。お前、早乙女の連絡先わかるよな？」

「あ、ああ」

あたしだって、アドレスくらいは交換済みだ。夏休み中ぜんぜんメールも電話もしてないけど。

「じゃ、明日練習が始まる前に、新聞部の部室に来るよう言ってくれ」

「新聞部？　いや、さすがに新聞沙汰まではちょっと」

「別にそんなつもりじゃない。とにかく部室に寄らせろ。おそらく、それで問題は解決する」

「……え？」

固まるあたしをよそに、裏染はもう一度コーラを呷《あお》ると、非常口から外へと出ていった。

扉が閉まる寸前、「謝礼、二千円な」と俗な追加事項を投げてくることも忘れなかった。

サード（八月二十三日）

野球部はグラウンド使用日じゃないらしく、正門から前庭まで延びる「ダラダラ坂」という名の長ったらしい坂道で走り込みをやっていた。結局一晩で晴れてしまった空の下、マネージャーの容赦ないホイッスルに踊らされて、どいつもこいつも疲労にまみれた顔を晒《さら》している。このクソ暑い中ご苦労さん、と内心でねぎらってやりながら横を通り過ぎたが、それを言うなら部活でもないのに今日も今日とて学校に来てしまったあたし自身も、充分ご苦労さんだった。

昇降口で上履きに履き替える。目指すのは図書室ではなく、第二校舎の北。パート練習をしているはずの、早乙女たちの空き教室。

一応言われたとおり、昨日のうちにメールはしておいた。早乙女は今日、朝一で新聞部の部室を訪ねたはずだ。でも、そこで何が行われたのかは知らないし、肝心の山吹たちを止める方法についてもさっぱりわからないままだった。考えれば考えるほど、裏染に騙されたのでは？

という気になってくる。

この目で確かめる必要があった。

クラリネットパートの問題は本当に解決したのか。裏染は早乙女を救うことができたのか。

渡り廊下の角を曲がるとすぐ、もう耳に慣れてしまったあの音が聞こえてきた。一筋のクラリネット。ピアノの鍵盤を連打するような軽快なメロディー。ここ二日間のいやな光景がフラッシュバックする。だけど、今日の空き教室の前には誰の閉め出された姿もなかった。

あたしが近づく間にドアが開き、女子が一人出てきた。あの、どんぐり眼《まなこ》だ。

「じゃ、行ってきまーす」

部屋の中へ向かって一声かけ、どんぐり眼は第一校舎のほうへ走っていった。あたしとすれ違うとき、手に握ったいくつかの百円玉を財布にしまっているのが見えた。

それを見送ってから、空き教室へ目を戻す。どんぐり眼が杜撰《ずさん》だったのだろう、ドアはわずかに開いていた。こっそりと中の様子をうかがってみる。

相変わらずカーテンが閉じきっており、部屋は薄暗い。全員椅子にぐるりと腰かけ、山吹がメトロノームの刻みに合わせて一人でクラリネットを吹き、他のメンバーたちはそれぞれ楽譜をなぞったり、指でリズムを取ったりしながらその音色を確認していた。もちろん、早乙女もそこに交ざっていた。目をつぶって、首をちょっとだけ傾け、幸せそうにソロ演奏に聴き入っている。昨日までの雰囲気とは大違いで、小綺麗な落ち着いた喫茶店を覗いているように思えた。

どうしてだろうと考えて、ふと気づく。スプレー缶や、丸められた洗顔シートが見当たらないのだ。女子たちのいたずらめいた笑いもない。

角度をずらしたとき、もう一つの決定的な違いを見つけた。

部屋の両方向から、側面に〈新聞部〉とマジックで書かれた二台の扇風機が、演奏者へ風を送り続けていた。

「どういうことだよ」

昨日と同じ非常口の前で、あたしは裏染に持ち前のつり目を向けた。

今日も学校に来ているかもとそこら中を探し回ったら、図書室で長ったらしいタイトルのラノベを読みながら缶コーヒーを飲んでいるのを見つけたのだ。缶飲料は禁止だ、と学んだばかりの規則を盾に取って、ここまで引っ張ってきた。奴自身、たまたま居合わせた女子卓球部の二人に「宿題を教えてください！」とせがまれて困り顔のところだったので、これ幸いとばかりにあまり抵抗せずついてきてくれた。

「なんで扇風機だったんだ？　どうして、あれだけでいじめがなくなるってわかったんだよ？」

重ねて尋ねると、裏染は面倒な追及から逃れようとするみたいに、あたしの隣へ目線をずらす。そこには早乙女がいる。二日前と同じく、トイレに出るとこを待ち伏せして手招きしたのだ。その顔にもあたしと同様、何一つ腑に落ちないという疑問が浮かんでいるのを確認し、ようやく裏染は口を開いた。

「カーテン」

「……カーテン？」

「昨日、通り過ぎざまに部屋を見たとき、カーテンが閉められてるのが見えた。それで少し妙に思った」

「確かに閉まってたけど……妙って、どうして」

「昨日の天気は曇りだったろ」

――あ。

そうだ。昨日は曇り空で、太陽は隠れていた。陽が射す心配がないので、図書室のカーテンは開いていて、あたしは窓から雲を眺めることができた。

でも、空き教室は晴れの日と同じように、カーテンが閉まっていた。

「陽が出てなかったのに、山吹たちはわざわざカーテンを閉めていた。なぜか？　陽射しを防ぐ以外でカーテンを閉める理由は一つだけ――外から見られないようにするためだ」

空き教室は、第二校舎の一階。カーテンが開けっ放しなら、外からよく見える。

「なぜ外から見られたくなかったのか？　当然、何か見られると困る行為をしてたわけだ。パシリや閉め出しの問題とを考え合わせると、それは早乙女にも見られたくなかったんだろうと推測できる。ただからかってるだけじゃなく、部屋の中を見られたくないっていう目的があったんだ」

「見られると困る行為……煙草とか？」

真っ先にそれが思い浮かんだが、裏染は首を振った。

「あの部屋は狭い上に閉めきられてた。中のほうが蒸し暑かったのがその証拠だ。あんな場所で煙草をふかしたらにおいが残る。何か他の隠し事だったはずだ。……じゃ、早乙女」

裏染は飲み干したコーヒーの空き缶を、早乙女に向ける。

「お前と他のパートメンバーとで最大の違いはなんだ？」

「……僕だけ、男子です」

早乙女は少し戸惑ってから、簡潔に答えた。

「なら、それは男子に見られると困ることだったと考えるべきだろう」

話が意外な方向に向いて、あたしは思わず早乙女を見た。そう、女みたいな名前で女みたいな見た目だが、こんな奴でも歴《れっき》とした男子だ。その早乙女に、見られると困ること？

「なんだよ、困ることって」

「さあ。女子はデリケートな生き物だからな。いろいろ考えられるが」

裏染は皮肉るように肩をすくめてから、

「男子に見られたくなくて、外からも覗かれたくなくて、そしてあの部屋は暑かった。とすれば答えは一つだろ」

ピンと来た。ああ、なるほど、そういうことか。

あたしは男二人となるべく目を合わせないようにしながら、言った。

「服を脱いだのか」

「そう。もちろん全裸にまではならないだろうが、リボンを緩めたりブラウスの前を開けるくらいはしたと思う。女子同士ならよくても、後輩の男子にはあまり見せたくない姿だ」

がさつなあたしだって、下着を見られればさすがに恥ずかしい。それがたとえ、ボタン一つ分の隙間から覗かれただけだとしても。

「暑かったから、先輩たちが服をはだけさせたってことですか？」

と、まだ腑に落ちない顔の早乙女。

「でも、休憩時間なら窓くらい開けても……」

「音出し中は窓を開けられないんだろ」

「あ……」

あたしや早乙女がドアをノックするとき。教室の中からは常に、一筋のクラリネットが聞こえていた。

「『シング・シング・シング』には終盤にクラリネットの長いソロが出てくる。早乙女の担当は序盤。てことは、長いほうを担当するのは女子の中の誰かだ。あの部屋に残った誰かがそのソロを練習してた。違うか？」

「や、山吹先輩です。ソロを担当してるのは、僕ともう一人、山吹先輩。二度目の長いほうのを……」

その補足を聞きながらあたしも思い出す。確かに、早乙女は言っていた。

ソロの練習が大変で。終盤の先輩の担当よりは短いんですけど、吹くたびに緊張しちゃって――」

「じゃ、やっぱり首謀者は山吹だな。あいつはパート練の休憩時間を利用してソロの練習をしようと考えた。他の女子たちには聞き手を頼んだんだろう。音を出すとなると窓はずっと開けられない。だが休憩中くらいはみんな涼しい思いをしたいし、快適なほうが演奏にも全力で取り組める。で、解決策として服をはだけさせることを思いついた」

ただし問題が――と、裏染は早乙女を指差す。

「クラリネットパートの中には一人だけ男子がいた。しかたなく、山吹たちはおまえをコンビニに買い出しに行かせた。その間、誰にも覗かれないよう部屋の鍵を閉め、カーテンも閉じてソロ練習をする。おまえが戻ってきたら制服を着直し、鍵を開ける。それを数日繰り返してたわけだ」

記憶から、いくつかのシーンが引き出される。演奏が止まったあともしばらく開かれなかった扉。あたしたちの前に現れたとき、リボンをきちんと締めていた山吹。もしかしたら、扉が開くまでの短い時間で慌てて着け直したのかもしれない。女子たちの秘密めいた笑いは、自分たちがだらしない恰好をしていたことの照れ隠しだったのかもしれない。

キーホルダーに書かれていたスローガンも思い出した。〈常に全力!〉

あの言葉は空虚なんかじゃなくて、山吹は空き時間を少しでも練習に使おうと考えたのかもしれない。この暑さの中でも全力で演奏できるよう、知恵を絞ったのかもしれない――

「制汗スプレーと洗顔シートも証拠になる。丸められた洗顔シートは楽譜と接するように置かれて、紙にシミを作ってた。いくらあいつらがいいかげんでも、毎日使う楽譜なら極力汚れるのは避けるはずだ。なのにあんな場所にシートが放ってあったのは、慌てて使って捨てる暇がなかったからだろう」

いくら服をはだけさせていても、楽器を吹き続ければ汗をかく。そこに予想より早く戻ってくる早乙女。山吹は秘密を勘繰られないよう、急いで体にスプレーをかけ、洗顔シートで顔や首を拭う。ひとまず椅子の足元にスプレーを、譜面台の出っ張りにシートを置いておき、何食わぬ顔でドアを開ける――そんな光景が頭に浮かんだ。

「暑さが原因なら、それを解消してやれば早乙女が閉め出されることもなくなる。だから、新聞部に扇風機を貸すよう手配しといた」

裏染の謎解きは、ようやく最初の結論に辿《たど》り着いた。そして「納得したか」と確認してくる。

あたしは黙ってうなずいたが、心の中はむしろ、解決前よりもざわめいていた。

昨日、コーラを飲みながら部屋の前を通り過ぎた裏染。室内の様子が見えたのはほんの一瞬だったはずだ。そのわずかな時間から奴は手がかりを見つけ出し、推論を重ねて真相に気づいた。

大したもんだとしか言いようがないが、あたしが驚いたのはその観察力でも記憶力でも推理力でもなくて、もっと根源的な、なんというか、目のつけどころに対してだった。

あのとき、扉の前ではあたしたちが言い争っていた。だけどこいつは、そっちには「喧嘩してる」程度の注意しか向けず、背後に見えるカーテンや洗顔シートを冷静に見つめていた。

今だって裏染は、正面に立つあたしたちにはほとんど気を留めず、暇潰しをするみたいに缶のラベルの成分表示へ目を落としている。真っ黒な瞳には何も映っていないように見えて、あたしは息を呑み込んだ。抱いた感情はほとんど恐怖に近かった。

――なんなんだ、こいつは。

こいつは、人間を見ていないのだろうか。

「じゃ、じゃああれは、いじめとかじゃなかったってことですか」

たどたどしく早乙女が聞く。

「もちろん、からかう気持ちが多少なけりゃあんな真似はできないだろうが、お前を閉め出したのはソロ練習のために仕方なくだろう。現に今日は大丈夫だったろ」

「そうですか……」

早乙女はほっとしたように胸を撫で下ろした。「よかった」と、小声でつぶやく。よかったな、とあたしも笑いかけてやった。久々の笑顔なので、頬の筋肉を持ち上げるのが一苦労だ。

――いや、待てよ。いじめじゃなかった？　てことは、

「全部あたしの早とちりだったわけか？」

「ま、お前がいじめはよせとか突っかかったなら、完全に空回りだったな」

裏染が断じる。今度はこっちの顔が赤くなる番だった。

「ば、馬鹿かあたしは……」

ああ、くそ。やっぱり不器用だ。

「い、いえ、そんな。空回りなんかじゃないですよ。僕も本当に悩んでましたし」

すかさず早乙女がフォローっぽいものを入れてくる。ありがたかったが、同時にちょっとした不満も甦《よみがえ》った。

「そういやお前、なんで大丈夫だなんて言ったんだよ」

「え」

「悩んでたならはっきり言えよ。あのときちゃんと言ってりゃもっとすんなりことが運んだかもしんないだろ」

「あ、あれは、だって……」

早乙女は口ごもった。ネクタイの先をつかんだ指先が、もじもじと躊躇《ちゅうちょ》するように動く。

「だって、なんだよ」

「……針宮さんを心配させるわけには、いかなかったから」

瞬間、景色が大きくぶれた。

早乙女。こいつはいつもそうだ。出会ったときからそうだった。自分自身が女々しいくせして、女子には迷惑をかけないようにして。一人で大丈夫だと言いながら、まったくもって大丈夫じゃなくて。

ここ三日の間、泥みたいに積もって視界を濁らせ続けていた憂鬱が、急速に晴れていくのを感じた。代わりに、後頭部をひっぱたかれたような眩暈《めまい》が襲ってきた。廊下を形作る直線が小刻みに震えて、耳の奥でじいん、と音が鳴る。四ヶ月ぶりだろうか、廃れた脳髄が揺さぶられる感覚。

三度目の衝撃。

残響に身を任せる中で、あたしはようやく悟った。やっぱり、あたしたちのつきあい方は間違っていた。何もかもが究極的に間違っていた。あたしも早乙女もどうしようもなく不器用で、助けようとすることも、引っ張ろうとすることも、心配させないようにすることも、全部空回りしていた。

踏み出したきり進めなかったのは当たり前だ。あたしたちは、お互い一人で進もうとしてたのだから。

そういうことじゃ、ないのだろう。

そういうことじゃなくて、きっと。

「ちょっと来い」

あたしは早乙女の手を取った。いつか勇気づけるようにおずおずと握ってやったときよりも、ずっと自然に。「え、え」と早乙女は素っ頓狂な声を上げたが、そのまま腕を引いて空き教室を目指す。

ノックもせずに扉を全開にした。休憩を終えた女子たちは、それぞれ楽器を持って練習を再開しようとしているところだった。二台の扇風機はまだつけっぱなしだ。

「あ、オトメン……と、また針宮さん？　今度はなに？」

昨日の今日なので、当然山吹はいい顔をしない。あたしは彼女の問いには答えぬまま、まっすぐ部屋に踏み込んだ。心に決めた言葉以外を口にしたらまた立ち止まってしまいそうだった。

山吹の前まで辿り着く。早乙女と、二人で並ぶ。向こうも怪訝《けげん》な表情のまま椅子の角度を変えて、あたしたちと向き合った。

演奏の前みたいに深く息を吸ってから、あたしは言った。

「あたしら、つきあってるから」

耳に届いた自分の声は意外なくらい冷静だった。早乙女が、はっとしたように手に力を込めてくる。あたしも握り返す。

「だから、あんまりこいつに迷惑かけないでもらえると、助かる」

昨日聞かれた質問に、答えを出したつもりだった。

資格はなくても、理由はある。

女子たちは、椅子に座ったまま固まっていた。その間に、あ、早乙女の親がうるさいんだっけと思い出し「……あとこれ、できれば秘密で」とつけ加える。やっぱり、あたしの器じゃそうスマートにはいかない。

五人分の呆《ほう》けた顔を向けられると、子どもっぽい恋人はいつかあたしの告白に返事したときみたく、頰を染めてこくりとうなずいた。とたんに山吹はあたしへ目を戻し、弾《はじ》かれたように立ち上がる。

「あの、えっと」

そして唇をもごもご動かした。その瞳にはいつもの好奇心以外にちょっと別のものも覗いていて、何を言おうとしているのかなんとなくわかった。この前はあんなにごめんねごめんねと連呼していたのに、天邪鬼《あまのじゃく》な奴だ。

「……じゃあ、ソロ、がんばって」

二日前にも投げたエールと一緒に、あたしは早乙女の手を放して山吹のほうへ送り出した。二人のソロ担当者は顔を見合わせ、照れたように笑い合う。うん、もう大丈夫だろう。山吹とこいつも、あたしとこいつも。あたしはそれを横目に、クラリネットパートに背を向けた。

ドアのほうへ歩き始めたとき、山吹が「さっ」というかけ声とともに手を打ち合わせるのが聞こえた。

「練習始めよっか。最初の合わせからね。早乙女君も、早く楽器持って」

「お前ら見てると笑えてくるよ」

空き教室から出てドアを閉めると、すぐ近くから声がした。いつの間にやら横手の壁に裏染が寄りかかっていた。

「今の、聞いてたのか」

「さあ」

にやにやしながらはぐらかされる。ああ、この顔は絶対聞いてたな。

「ったく、得体のしれない奴め」

「でも頼みは聞いた」

「……そうだな。助かったよ」

「礼を言うだけじゃ礼にはならんな」

「え？……あ」

遠回しに謝礼を請求されていると気づく。二千円。実際こいつがやったことといえば、新聞部に「扇風機を貸してやれ」と手を回したことくらいなわけで、それにしちゃちょっと高すぎる報酬だとは思うけど……ま、いいか。カツアゲにあったと思って筋を通そう。

あたしはポケットから小さな財布を出して、折りたたんだ千円札を二枚取り出す。裏染もジジくさい革財布の口を開いて、受け取りの準備をした。でも、渡そうとした瞬間、

「お前らキスくらいはしたのか」

ぼそりと聞かれて、あたしの手は空中で止まった。

「……は？」

「六月からずっと恋人同士なんだろ。したのか？」

「し、してないけど……」

「してない？　そうか。でもデートくらいはしただろ」

「してねえようるせえな！」

というか、なんでこいつは突然そんなことを聞いてくるんだ。親戚のおじさんか。

「どっか行きゃいいのに。なんで行かないんだ」

「そ……その、ほら、早乙女は部活とかで忙しいんだよ」

「忙しいったって休日くらいあるだろ。誘えばいい」

「い、いや、でもその」

「誘い方がわからんのか」

「余計なお世話だ！」

真っ赤になったあたしの顔と、しどろもどろな返答が期待どおりだったのだろうか。裏染は噴き出すように息を漏らして「本当に笑えてくるな」とつぶやく。

「気が変わった。二千円はいい。代わりにこれを受け取れ」

「え……？」

奴は、財布から長方形の紙を二枚出して、あたしの前に突き出してきた。

水族館のチケットだった。〈横浜丸美《まるみ》水族館〉と書かれた丸っこいロゴ。ご当地っぽい絵柄で笑いかけるクラゲ。さらにその下には〈使用日から一年間、完全フリーパス〉とある。

「いろいろあって大量にもらったんだが、使いどきがなくて困ってたんだ。お前らこれで水族館行ってこい。夏休み中に二人きりでな。それが謝礼代わりだ」

「は……は？」

理解が追いつかないでいるうちに、二千円をつかんでいたあたしの手に、さらにチケットが握らされた。いや待て。ちょっと待ってくれ。

「な、なんでそうなるんだよ！　だいたい夏休み中って、あと一週間くらいしか……」

「だったら、急げ。あ、そうだ、ちゃんと証拠写真も撮れよ。水槽を背景に撮って俺のケータイに送れ。ツーショット以外認めないからな」

「ツ……そ、そんな恥ずかしいことができるか！」

「はは、ははははは。だ、だめだ笑える。本当に笑える」

脇腹を押さえつつ、裏染は非常口のほうへ去ってゆく。新しいおもちゃを見つけた子どもみたいに軽やかな足取りだった。いや実際、新しいおもちゃを見つけたのかもしれない。それが何かは怖くて具体的に想像したくないが。

「く、くそ、なんなんだよあいつは……」

得体がしれないにもほどってもんがある。あたしは拳を震わせながら、やっぱり今度会ったら殴ろうと決意を固めた。それから、その手に渡されたチケットを恐る恐る見やった。

どうやって誘えっていうんだ。電話？　直接？　バッグに忍ばせたりとか？　いや待て、誘えたとしても当日どうしろと？　服とかもよくわからんし、そもそも水族館なんてこんな髪で行ったら浮きまくるんじゃ。前言撤回、あたしらはやっぱり大丈夫じゃない。

練習が再開されたのだろう。空き教室の中からクラリネットの合奏が響いてくる。陽気なジャズの主旋律で、ああ知ってる曲だ、とすぐに察しがついた。この曲って「シング・シング・シング」っていったのか。音はやがてソロへと変わり、抑揚のついた調べが高く伸び上がった。序盤の短い見せ場。ということは、吹いているのはきっとあいつだろう。

——まあ、髪は、黒く染め直せばいいか。

早乙女の演奏に耳を澄ましながら、癖のついた毛先をいじる。また不良から魔女へ早変わりしてしまうかもしれない。でも、あいつならきっと綺麗だと言ってくれるだろう。

「ったく……」

あたしはため息をついた。自分じゃよくわからないけど、たぶんその顔は少し笑っていた。

思っていたのとだいぶ違う高校生活は、九月でやっと折り返し。

衝撃は、この先も何度か続きそうだ。

天使たちの残暑見舞い

The Adventure of the Twin Angels

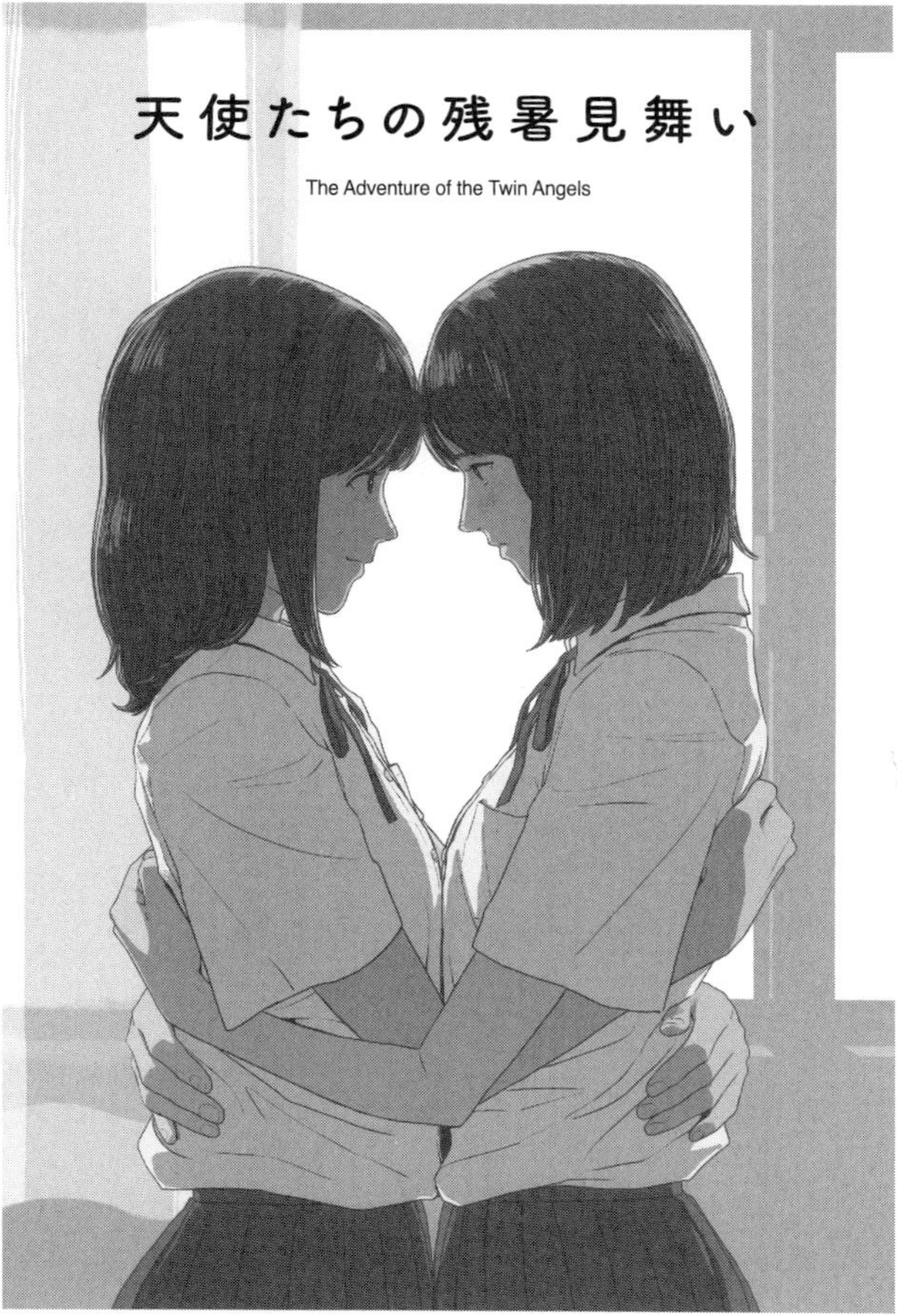

0

校舎の外から生徒たちの声が聞こえた。

男女入り交じった、はしゃぎ合うような声だった。練習中の運動部にしては賑やかすぎる。どこかの文化部が活動をサボって、前庭でボール遊びでもしているのだろうか。とにかく、外に誰かがいるということは、これは夢ではなさそうだ。

彼は煎餅《せんべい》の徳用袋を握りしめて、人気《ひとけ》のない廊下をじっと見つめていた。一番奥の教室の出入口から目が離せなかった。十分前に目撃したワンシーンが頭の中で乱反射する。

これが夢でないなら、あの光景も現実なのだろうか。

もう一度、確かめたいと思った。

彼は一歩ずつ、ゆっくりと教室へ近づいてゆく。リノリウムの床に体重をかけるたび足音が立たないかと緊張した。まだ残暑の厳しいこの季節、脇の下がじっとりと汗ばむのがわかった。

〈2－A〉と書かれた表示板の下に辿《たど》り着く。

十分前にもそうしたように、うずくような不安と淡い期待を込めて、彼は戸のガラス部分から中の様子をうかがった。

そして次の瞬間、持っていた袋を取り落とした。

1

裏染天馬が一年B組の教室を訪ねてきたのは、八月三十一日の金曜日、夏中続いた暑さにもようやく衰えが見え始めた昼下がりのことだった。柚乃は自分の机に椅子をくっつけたクラスメイト二人と、とりとめもなく喋くっていた。

「やる気が出んわ……」

初っ端《しょぱな》から不景気まっしぐらな台詞《せりふ》をぼやいたのは、友人の野南早苗である。

「休みボケ？」

生徒会に所属する日比谷雪子《ひびやゆきこ》が、横から尋ねた。

「ボケっていうか、そもそも休みが終わるのが早すぎんだよね。中学の夏休みは八月いっぱいあったじゃん？　なんで三日も早く終わっちゃうの」

「二学期制の高校はだいたいどこでもそうだよ。そのぶん秋休みがあるから」

「秋と夏じゃ楽しさが違うでしょ、楽しさが」

的確な説明も、理屈抜きの感性には通用しないようだ。

「柚乃ならわかるよね？」

早苗に顔を向けられ、柚乃はくわえていたブリックパックのストローから口を離す。

「ま、確かにやる気は出ないけど」

「やっぱりさすがの柚乃もエンジンかからないか」

「今日も眠りこけて怒られてたもんね」

「う、うるさいな」

小さな傷をつつかれた。三時間目の英語の授業でのこと。ノートを取りながらついうとうとして、舟を漕いだ勢いで机に額をぶつけ、教室中の失笑を買ってしまったのだ。

「いやあ、袴田さんの痴態を見るのは新鮮だった。あれも休みボケ？」

「痴態って言うな。別にボケてたんじゃなくて、あれはその、体力温存というか」

「部活の？」

「そうそう。今日は体育館使えない日で、基礎練のランニングあるから……ね、早苗？」

「うん。長い戦いに備えて日焼け止め持ってきた」

と、バッグの中を開けてみせる早苗。「備える」の方向性が微妙に違う気もするが。

「でもこの時期気だるいの、私もわかる」

雪子は肩を落として言った。

「夏の終わりって寂しいこと多いし」

「あるねえ。失恋して髪切ったり」

経験があるわけでもないくせに、早苗は知ったふうな口を利く。

「そういう意味で言ったんじゃないけど……あ、でも髪といえば、二年の針宮さんっているじゃない。金髪の。あの人も休みの終わりに髪型変えたらしいよ。ショートにして、真っ黒に染め直したって」

「え、それも失恋？」

「いや、すごい似合ってるらしいからむしろ逆じゃないかと」

「へえ……」

柚乃とごく一部だけが知っていることだが、彼女は一年の早乙女君という男子とつきあっていたはずだ。発展があったのならおめでたい。

「逆だとしたらさ、相手ってどんな人だろね」

「う、うーん、そうだねえ」

ごく一部に含まれていない早苗が興味を示してきて、柚乃は気まずい笑いを返した。雪子も楽しそうに想像を膨らませ、

「大変身したくらいだから超かっこいいお相手だったりして。堺雅人《さかいまさと》みたいな」

「それは単なるあんたの趣味だろ……。柚乃はどう思う？」

「いや……私は案外、かわいい男の子じゃないかと思うけどなあ」

「裏染さんだ」

「え、なんで裏染さんが出てくんの、別にかわいくないじゃん。駄目人間ってだけで……」

「駄目人間で悪かったな」

突如として低い声をかけられ、危うく椅子から転げ落ちそうになる。ゆっくり後ろを振り向くと、無表情のままこちらを見下ろす黒い瞳と目が合った。

早苗が名前を出したのは、教室に黙って入ってくる彼の姿を認めたからららしい。怠惰《たいだ》を絵に描いたような夏休み中の恰好に比べればだいぶきちんとして見えるワイシャツ姿だったが、ネクタイの結び方は相変わらずだらしない。

「う、裏染さん……」

「お前はいつも、俺のことをそういうふうに言ってるのか」

「ち、違いますよ。駄目人間ってのはその、早苗が駄目人間っていう意味で」

「え、ひどいよ柚乃！　それはそれでひどいよ！」

「まあいい。ところで今暇か」

「流さないでくださいよ！」

早苗が喚《わめ》き続けるが、裏染は見事に無視を決めた。柚乃は「暇ですけど」と答える。実際、やることがなさすぎて困っているくらいだった。

まだ休み明けから間がないため、今日は午前中だけの四時間授業。すでに放課後だが、こういう時間割の日は昼を食べて少し休憩してから活動開始、という部活がほとんどなので、生徒たちはそれぞれ自分の部室へ行ったり、柚乃たちのように教室でだらけたりして時間を潰しているのだ。

「そうか暇か、なら一緒に来てくれ。野南もだ」

「だから流さな……え、あたしもですか？」

「二人ともだ。ちょっと頼みたいことがある」

「頼みたいこと？」

「まあ大したことじゃない。来ればわかる」

……前にもこんなことを言われて、ろくな目に遭わなかった覚えがある。

「い、いやです」

「だめだ来い」

「強制ですか！」

「じゃ、私が行きましょうか」

人のよい雪子が代わって名乗りを上げたが、裏染は彼女のショートボブを一瞥《いちべつ》し、

「お前じゃだめだ。髪が短すぎる」

と断った。柚乃は思わず、自分のセミロングの毛先に手をやった。髪？　髪が何か関係あるのだろうか。

「とにかく協力してくれ。暇なんだろ」

「い、いえ、やっぱり遠慮しておきます。今休憩中なんで。部活に備えて体力を……」

「部活？　体育館が使えない日で基礎練のランニングか。だが授業中に眠りこけてたなら休憩

はもう充分だろ」

「な……え？」

柚乃は再度、椅子から転がりそうになった。ランニングも居眠りのことも、卓球部員かクラスメイトでないと知らないはずなのに。

早苗が身を乗り出し「どうしてわかるんですか」と聞くと、

「お前のバッグから日焼け止めが覗いてる。体育館の中で部活するなら陽射しを気にする必要ないだろ、今日は外で基礎練習ってことだ」

「か、勝手に女の子の持ち物見ないでくださいよ」

「開けてるほうが悪い」

「居眠りは？」と雪子。裏染は柚乃の机の端を指し、

「シャーペンで引っ掻いた線がある。昨日は休み明けの大掃除があって机も拭かれたはずだから、今日ついたものだ。端にしか線がついてないのはノートを取っていてペンがはみ出したから。高校生にもなって字の線がノートをはみ出す奴なんて、寝ぼけてない限りいるはずない。ついでに言えば、お前の前髪に消しゴムのカスがくっついてる」

「えっ……」

慌てて前髪をはたくと、小さな消しカスが落ちてきた。額を机にぶつけたときくっついたのか。

「急いでるんだ。早く来い」

裏染は身をひるがえし、一人で勝手に教室の外へ向かっていった。

早苗のほうを見ると、彼女は軽く肩をすくめて立ち上がるところだった。その横では雪子が「いってらっしゃ～い」とにこやかに手を振る。

すでに選択肢がないらしい。

ブリックパックを飲みほして、柚乃も仕方なく腰を上げた。

2

一年生の教室のある二階から一つ上の階に上がり、第一校舎の南端へ。連れてこられたのは、裏染のクラスである二年A組だった。

教室の中には生徒が二人だけ残っていた。黒板と反対側、ロッカー近くの席で、先ほどの柚乃たちのように顔を突き合わせて座っている。男子が一人と女子が一人。どちらも顔見知りだ。

「おー、柚乃ちゃん早苗ちゃん」

女子のほうが、こちらへ向けて手を上げた。新聞部の部長・向坂香織だった。レッドフレームの眼鏡と赤いヘアピンがショートヘアのおとなしそうな顔立ちにアクセントを加え、絶妙にかわいらしく見せている。いつも胸の中心に陣取っている黒々とした一眼レフのカメラは、首から外され机の上に置かれていた。

「ごめんね、わざわざ来てもらって。あたし一人じゃどうにもならなくってさあ」

「あ、はい……」

うなずきはするものの、やはりなんのことだかはわからない。裏染はその間に、もう一人の男子——梶原和也《かじわらかずや》のほうへ近づき、「こいつらでいいか」と聞いていた。

「うん、いいな。ばっちりだ」

梶原は柚乃たちを見てＯＫサインを出した。こちらは演劇部の部長である。特徴的なモジャモジャの天然パーマと飄々《ひょうひょう》とした人柄で知られており、女子卓球部の面々とも親しい彼だが、今日はその陽気さに影が差していた。柚乃たちへの挨拶もそこそこに、何やら手に持った古びたキャンパスノートとにらめっこしている。

「うーん、でも野南さんのほうは髪の毛下ろさないとなあ」

「わかってる」

「あの、それでいったい何を……」

「袴田妹はこっちに立て。ここだ」

問いかける暇もなく命令され、柚乃は梶原と香織の前に立たされた。早苗はというと、こちらも立ち位置を指定され柚乃の真正面から向き合う。

「それから野南、ポニーテールを解いてくれ」

「え？……はあ」

裏染に言われるまま、早苗は頭の後ろのヘアゴムを外した。柚乃より少し長いくらいの髪が、ぱさりと肩にかかる。特に染めたりしてはいないはずなのに、日に焼けやすい髪質なのか、角度によっては薄く焦げ茶色のラインが差して見えた。

　ポニーテールでない早苗の姿をこうして拝むのはずいぶん久しぶりだ。髪を下ろせば大人っぽくなるのが普通だが、彼女の場合は逆だった。中一のころから変わらないくりくりした目元と、活動的な印象の消えた長い髪とがミスマッチし、背伸びしたあどけない少女のように見えてやたらと愛らしかった。普段はアホみたいなことしか言わない奴のくせに、なんだか悔しい……待て、そんなこと考えてる場合じゃない。

「あ、あのー、それで私たち何を……」

「これで完璧か？　そうか、よし」

　もう一度聞こうとしたが、すでに準備は整ったらしかった。裏染は確認を取ると梶原と香織の間に立ち、真剣そのものといった声で続けた。

「じゃあ、二人で抱き合ってくれ」

「はい？」と聞き返すよりも先に、早苗が腰に手を回してきた。今の今まで見蕩《みと》れていた髪が首筋をくすぐって、思わず体が強張《こわば》る。

「ちょちょ、ちょっと待って。何すんの」

「え、だって裏染さんが抱き合えって」

「素直すぎだ！　いいから一旦離れ……」

「離れるな」

「ぎゅう」

「おわーっ！　なんのつもりですか裏染さん！」

意味不明な指示に柚乃は悲鳴を上げるが、やはり裏染には届かなかった。彼は大真面目な顔で、横でノートを開いている梶原に話しかける。

「どうだ？」

「近いな。けど、手の位置は腰じゃない。背中って書いてある」

「二人とも、手は背中だ」

「腰でも背中でもいやですよ！　香織さん助けて！」

「おっけー」

気さくに応じると香織はこちらへ近づいてきて、柚乃の腰に回されていた早苗の手を取り、背中まで上げた。ついでに柚乃の手も早苗の背中に固定され、互いの胸が押し合う形になる。

「いや、助けてって補助的な意味じゃなくて！」

息苦しさで叫びはますます悲痛になった。

「えーと、あと場所はもっと窓側だな。風が当たるくらい」

「もっと窓の近くへ寄れ」

「だからほんとになんなんですか……うわっ」

香織に押され、柚乃たちはその体勢のままカニ歩きした。移動が済むと、場は深い思索の唸り声に包まれた。裏染と梶原は腕を組んだまま二人を凝視し、香織も一歩引いて客観視するように眺める。そして男子たちへ「キスは？」と聞く。……キス？

「実際にしてたとは書いてない」

「でも、このままじゃ顔が隠れないぞ」

「……確かにそうだな。おい、真似でいいから二人でキスを」

「できるかっ！」

ツッコミを引き伸ばされるにも限度があった。腕を振りほどいて名残惜しそうな早苗をはねのけると、柚乃は大股で裏染に詰め寄った。

「なんなんですか本当にもう！　説明してくださいよ！」

「何って実演だけど……あれ、裏染教えたんじゃないの？」

横から呑気《のんき》に言う梶原。

「説明はしたぞ」

「嘘つかないでください！　なんにも言ってないでしょうが」

「『大したことじゃない』って言ったろ」

「そんなもんが説明に入るか！」

怒りの声が教室にこだますると同時に、「オウフッ」という裏染のくぐもった呻《うめ》きが漏れた。

夏の特訓で「上達したね」と部長にお墨付きをもらった柚乃の右スマッシュが、見事彼の脇腹に突き刺さったのだった。

3

「まあ最初から話すとだな、俺が十月の公演に向けて、新しい芝居の脚本を練ろうとしたところから始まるわけだ」

椅子に座って脚を組み、梶原は事情を語りだした。横で脇腹を押さえ苦しみながら机に顔を埋《うず》めている駄目人間と比べれば、天と地ほどの気楽さである。

「悲劇にしようか喜劇にしようか、一人芝居かオールキャストか、あーでもないこーでもないと一週間ばかり悩んだがなかなかアイデアが出てこない。そこで先輩たちの恩恵にあずかろうと思ってさ。演劇部の部室には、歴代の脚本担当が残していったネタ帳が何冊も眠ってるんだ。大捜索の末、五年前に卒業した宍戸《ししど》先輩という人のノートを見つけた」

演劇部の部室には柚乃も入ったことがあるが、衣装と小道具が溢れており足の踏み場もないくらいだった。あの中から見つけたなら確かに大捜索だっただろう。

「宍戸先輩は俺も一度会ったことがあるんだが、かなり変な人でさあ。今は小さい劇団を立ち上げてアングラ風の演劇をやってるらしい。全身タイツでホッピングしながら詩を暗唱したりするんだぜ。な、変だろ?……え、裏染なんか言ったか? なに? お前の言えることじゃない? お前の言えることでもないだろ」

まあとにかく、と梶原は、ずっと持っていた古びたノートを机の上に置く。

「これがその宍戸先輩のネタ帳ってわけだ。今言ったようによくわからん人だから、逆立ちしてハムレットをやるとか台詞を全部モールス信号にして戦争ドラマをやるとか、おかしなことばかり書いてあってさあ……え、なんだよ裏染。逆立ちしてハムレットは面白い？　じゃああったとして、お前観たいか？　そうだろ、絶対観ないだろ？

えーと、なんだっけ。あ、そうだ、ノートからろくなアイデアは得られなかったんだけど、一ヶ所だけ、変な日記が書いてあるページがあったんだ」

現演劇部部長は、ノートの端を持ち上げページを落としていく。折れたり皺《しわ》が寄ったりしている紙はスムーズに流れることはなく、不規則な動きでめくられていった。やがて開かれたページには、鉛筆でびっしりと文章が書き込まれていた。

「ま、日記というか、『これは事実だ』って書いてあるだけなんだけど……それが、他のよくわからないとは別の意味でよくわからん話でさ。向坂と裏染に相談したんだよ」

「そしたら議論がヒートアップしちゃって、実際に再現してみようって話になったの」

「は、はあ……」

柚乃と早苗は顔を見合わせた。事の経緯はわかったが、だからってなぜ二人が教室で抱き合わなければいけないのか。

「読んでみればわかるよ」

内心を察したのか、梶原がノートの向きを変えこちらへ差し出してくる。女子卓球部コンビは、そろってその細かい文字に目を落とした。

しゃちほこばった文体で書かれた奇妙な記録は、文字どおり「妙な体験をした」という一文から始まっていた。

＊

九月一日
妙な体験をした。十七年間の人生の中で一番おかしな体験といっても過言ではないかもしれない。なんといおうか、とにかく驚いた。
最初に断っておくが、これからここに書き記すことはすべて事実である。一字一句行間一マスに至るまでまったく本当に起こったことだと、この私、宍戸博之《ひろゆき》が請け合おう。しかし、事実ではあっても現実であったかどうかと問われればそれは少し微妙なところで、正直こうして部室に帰ってきた今でも、あれは夢だったのかもしれないと疑念が残っている。だがそれだからこそ、考えをまとめるために、体験したことを余すことなく記そうと思うのだ。
今日は始業式とホームルームだけで、午前中のうちに授業は終わった。私は特に予定も用事もなかったので、根城にしている演劇部の部室へこもった（つまりはこの部屋だ）。今日は演劇部の活動日ではなく、部室に来たのは私だけだった。まあそもそも、要る物も要らない物もごった煮状態で手狭なこの部屋、人がいない方が広くて過ごしやすいというものだ。

十月の公演に向けて新しく脚本を練らねばと思っていたのだが、どうにもやる気が起きなかった。この季節はいつもそうだ。夏休みが終わり学校が始まる。貴重な十代の夏がまた一つ、何もできないうちに過ぎ去った。そんな気持ちに蒸し暑さも手伝って虚無感にまみれていた。私は昼飯代わりに学食で買ったパンを食べ、出しっぱなしになっていた暗幕の上に寝転び、歌《か》舞《ぶ》伎《き》揚げの袋を開けてボリボリやりながらしばし物思いにふけった。

――必然、睡魔が襲ってきて、二時間ほど深く居眠りしてしまった。目が覚めたときにはもう三時過ぎだった。

いかんいかんと体を起こし、脚本を練ろうとノートを広げる。が、バッグを漁って、ペンケースがないことに気づいた。教室の机の中に忘れてきたのだろう。私は取りに戻ることに決め、食べかけの歌舞伎揚げの袋を片手に部室棟の外へ出て、すぐ近くにある第二校舎の非常扉から校舎に入った。ここを使うと、上履きのまま行き来できるので楽なのだ。

第二校舎から第一校舎へ移り、三階を目指す。校内はまったく閑散としていた。廊下には誰の姿も見当たらず、屋外の渡り廊下からちらりと見た前庭にも、人っ子一人いなかった。放課後、誰もが部室棟や体育館、グラウンドなどに集まって部活動をしている時間帯である。教室周辺に人がいないのは道理だとわかっていても、ついさっきまで千人近くのやんちゃ盛りを内包していたこの校舎に、たった一人の足音がこうまで大きく響くものかと、私はまた寂しさを覚えたりした。――今思えばこの際立った静寂こそが、向こう側へ足を踏み入れたという証拠だったのかもしれないが。

さて私のクラスは二年A組、三階の一番南にある教室である。第一校舎に移動したあとは、一階の階段から三階まで上がり廊下を左へ。二年B組の前を通り過ぎA組に至るという、ごくごく普通の道筋を辿《たど》った。ちなみにB組を通り過ぎる際、教室の中へ何げなく目をやったのだが、やはり誰もいなかった。

しかし、A組の教室内は別であった。

A組の出入口は、片方だけ——階段に近いロッカー側の戸だけがわずかに開いていた。誰かが閉め忘れたかな、などと思いながら、私はそこから中へ入ろうとした。だがそれより先に、戸のガラス部分から中の様子が見えて、伸ばしかけた手が固まった。

教室の中には、制服姿の二人の女子の姿があった。彼女たちは私のほぼ正面、ロッカー近くの窓際に立ち、互いの背中に手を回していた。

顔を寄せ合い、口づけしているように見えた。

襟元のリボンタイの端同士が胸の上で重なり、赤色が一つに溶け合っていた。ブラウスの半袖から伸びる腕が交差し、二人の体をつなぎとめていた。どちらも肩まで伸びる黒いストレートヘアで、右側の少女のほうがいくらか短いことを除けば、双子か姿見に映る虚像のような、見事な左右対称を成している。その長い髪と、顔をくっつけ合っているせいで顎から上が隠れており、彼女たちが誰なのかはわからなかった。背を這《は》う二人の指先は硝子《ガラス》細工に触れるかの如《ごと》くぴくりぴくりと震えており、そんな彼女たちを愛おしむように、ときおり吹き込む弱い風が、黒髪を柔らかに撫でてやっているのだった。

それまで煎餅片手に居眠りしていた与太者にとっては、あまりにも異様な、そして衝撃的な光景であった。

これは夢かもしれないと初めて感じたのはこのときである。薄暗い教室の中、人知れず抱き合う二人の少女。予想だにしなかった状況と幻想のような美しさを目の当たりにして、私の心はざわめいた。

いや、それよりもさらに私を戸惑わせたのは、漏れ聞こえた音のほうかもしれない。戸の隙間から私の耳に届いたのは、二人の荒い息遣いだった。重なり合う蠱惑《こわく》的なリズムが、見てはいけないものを見てしまったという気持ちを頂点までせり上げた。私は思わず戸に手をかけ、音を立てぬようそっと閉めた。そして存在を悟られぬようゆっくりと後ずさっていった。彼女たちを見つめていた時間は、せいぜい十秒かそこらだったろうか。

B組を通り過ぎ、階段の前まで戻ってきて、ようやく足が止まった。ひとまず落ち着こうと壁に寄りかかったが、まだ問題の戸から目を離すことはできなかった。――そう、ここが重要な点である。私は一度も教室の出入口から目を離さなかった。

彼女たちは誰なのだろう。A組の教室で抱き合っていたということは私のクラスメイトだろうか。似たような髪型の女子は何人かいるが。それにしてもずいぶん深い仲らしい。口づけもそうだが、あの吐息も……などと考えがついよからぬほうへ向いてしまい、私はそのたびに歌舞伎揚げを口へ放り、わざとボリボリと音を立てて嚙み砕いた。気を紛らわせたかったのだ。

校舎は変わらず、静けさに包まれていた。それがなおさら私の中で、あの少女たちの秘密めいた、現実離れした雰囲気を強めた。ひょっとして俺は寝ぼけてるんじゃないか、とまた思う。ベタな確認法に従ってほっぺたを抓《つね》ってみたが、自分でやるとどうしても手加減してしまうものだから、痛いかどうかはいまいち判別がつかなかった。悶々《もんもん》とし、廊下の奥を見つめたまま、私はいつまでもその不思議な光景に思いを馳《は》せていた。

しかし、本当に不思議なのはここからだ。

十分ほど経ち、徳用パックの歌舞伎揚げが残り少なくなったころ、校舎の外から生徒たちの声が聞こえた。男女入り交じった、はしゃぎ合うような声だった。運動部か、それとも活動をサボって遊んでいる文化部だろうか。

外に誰かがいる。ということは、これはやはり夢ではなさそうだ。

――ではあの光景も、現実なのだろうか。

私は壁から背を離した。A組の出入口からは誰も出てきていない。ならばまだ、彼女たちはあの中にいるはずである。

もう一度確かめたいという欲求が、じりじりと湧き上がってきた。

私は蛞蝓《なめくじ》のようなのろさで足音を殺し、一歩ずつ教室へ近づいていった。脇の下がじっとりと汗ばむのがわかった。口の中も乾いていた。……まあ、これは煎餅を食べていたせいだろうが。

〈2－A〉と書かれた表示板の下に辿り着く。

十分前にもそうしたように、うずくような不安と淡い期待を込めて、私は戸のガラスから中の様子をうかがった。

そして次の瞬間、持っていた歌舞伎揚げの袋を取り落とした。

教室の中には、誰もいなかった。

私は戸を開けてＡ組の中へ顔を突っ込み、全体を見回した。いない。廊下に目を戻してみる。こちらにもいない。教室に入り、掃除ロッカーを開け、教卓の裏を覗き、机の下を端から端まで調べた。特筆すべきものは何も置いていないごく普通の教室であるから、結論は簡単に出た。

――やはり、いない。念のために黒板側の出入口も確かめてみたが、そちらには鍵がかかっていた。

最後にもしやと思い、開いた窓から外を見てみた。そこには静かな前庭が広がっているだけだった。数人の生徒が、部室棟や体育館のほうへ向かって歩いているのが見えた。飛び移れそうな木もない。そして、飛び下りられる高さでもない。

もう一度言っておく。私はＡ組の中で抱き合う彼女たちを見た。そしてそのあと、後退するときも壁に寄りかかっている間も、出入口のある廊下から片時も目を離さなかった。彼女たちはＡ組から出ていない。しかし今、Ａ組の中には誰もいない。

煙のように消えてしまったとしか思えなかった。

とたんに恐怖が好奇心を呑み込んだ。気がつくと私は、演劇部の部室に逃げ帰っていた。息はぜいぜいと切らしていたが、手には落とした歌舞伎揚げの袋と、いつの間に机から取ったのやら、本来の目的であったペンケースもしっかりと握られており、そのしたたかさが我ながら少しおかしくもあった。

それから、とにかく混乱している頭に整理をつけなければと、そう思ってノートを開いた。

——こうして身に起こったことを書き連ねていき、今に至るわけだ。

ことの顚末は書き終えてしまったが、しかし、うむ、読み返してもやはりわからない。私は確かに彼女たちを見た。だが、彼女たちが消失することは物理的に不可能である。とすればあの二人はなんだったのだろうか。寝ぼけた私の妄想か、それとも学校に取り憑《つ》く幽霊だったのか……いや、幽霊と言うにはいささか妖艶《ようえん》さが足りなかった気もする。あの純真無垢《むく》を感じさせる美しさは、どちらかといえば天使だろうか。

何にせよ、この世のものとは思えぬ出来事であった。どうやら私の頭には、謎に包まれた二人の姿がはっきりと染みついてしまったようだ。一刻も早くこの不可思議な問題が氷解し、霞《かすみ》のかかる脳裏に光が射してくれればと願うばかりである。

宍戸博之

4

「どう思う?」

柚乃と早苗がノートから顔を上げると、梶原が聞いてきた。

「変ですね」と早苗が答える。

「おっ、やっぱりそう思う？」

「はい。歌舞伎揚げ食べながら廊下を歩くのはだいぶ変です」

「いや、そこじゃなくて……消えた女の子たちのほう。この教室からいなくなったっていうんだぜ。わけがわからんだろ？」

早苗は当てにならんと判断したのか、柚乃のほうへ聞いてくる。柚乃はうなずいた。

人気《ひとけ》のない校舎と、抱き合う少女たち。そして密室状態だった部屋からの消失。何から何まで夢想めいた話だった。

「これ、本当の話なんですか？」

尋ねると、彼は天然パーマの頭を傾げた。

「そこからして謎なんだよなあ。確かに内容はファンタジーだし宍戸先輩は変人だけど、こんな手の込んだ嘘をついたり、ノートに小説を書きつけたりする人でもないはずなんだ」

ページが数枚戻される。どのページにもアイデアや構成のメモ、台詞や舞台のスケッチなどが殴り書きしてあった。柚乃たちが読んだような日記風の記述は、他にどこにもなかった。

「それに、裏染も本当っぽいって言ってるし……」

「符合してるっつっただけだ」

柚乃の一撃から復活したらしい裏染は、横の机で頬杖をついていた。いつもならいの一番に

「こんな話は嘘だ」と断じそうなのに、少し意外だ。

「何が符合してるんですか」

「煎餅だよ。日記の書きだしのほうのページを見てみろ、油で汚れた跡がいくつかついてる」

言われるまま再びノートに目を落とす。日記は数ページに渡っていたが、確かに前半の二ページだけ、丸く黄ばんだ油汚れが目立っていた。

「おそらくその宍戸って奴は、これを書き始めるとき煎餅かポテチのようなものを食べていたんだろう。食べカスをこぼしたり、油のついた指で紙を触ったりしてシミがついた。後半のページが綺麗なのは書いてる途中で食べ終わったからだろうが、そう考えると、話の中の記述と一致することになる」

日記の中で彼が食べていたのは歌舞伎揚げ。部室に戻るとき、徳用パックの中身は残り少なくなっていた。戻ってきて、その残りを食べながらこれを書き始めたとしたら――

「確かに、話の中とつながりますね」

「だからって本当に起きたことだとは言いきれないがな。俺はむしろ嘘だと思ってる。人が消えるなんて現実じゃありえん」

やっぱり断じた。

「あたしは本当の話だと思うけどなあ。宍戸先輩の言うとおり、幽霊だよ幽霊」

香織はおもむろに立ち上がって、両手を広げる。

「この教室に取り憑いてるなんてロマン溢れるじゃありませんか。風ヶ丘高校七不思議としてはずだ。今度特集したいよ」

「幽霊なんてなおさらありえんだろ。もし消えたって話が本当なら、何かトリックがあるはずだ」

「……とまあ、そういうわけで協力を仰いだんだけどさ」

梶原がもう一度話を総括した。要するに自分たちは、正体不明の幽霊カップル役として抜擢されたわけだ。

「事情はわかりましたけど、再現したところで何かわかるんですかね」

「わかるかどうかがわからないから、やってみようとしてるんだ」

裏染は促《うなが》すように窓のほうへ手を伸ばした。柚乃は「え」と戸惑った声を上げる。

「な、なんですか」

「何ってだから実演だよ。協力してくれ」

「えーと、いや、その……」

答えに窮してしまう。事情を知ったあとだとなおさらやりにくい気がした。「柚乃ちゃんいやなの？」と香織が聞き、早苗が「あたしはいいですよ」と追い打ちをかける。

「中学のころから何度も抱き合ってますから。ね？」

「何度もってほどじゃないでしょ」

しかも、正しくは抱き合ってるんじゃない。ふざけた早苗に抱きつかれてるだけだ。

「あたしと抱き合うのいや？」

「べ、別にいやじゃないけど、人前では憚《はばか》られるというか……」

「裏染さん、柚乃は人目につかないところで抱き合いたいそうです」

「変な言い方をするな！　わかりましたよ。やればいいんでしょ、やれば」

ため息をつき、柚乃はしぶしぶ立ち上がった。早苗も「わーい」とまた無邪気な声を上げてついてくる。

「よし」

梶原が手を一つ叩いた。

「じゃあ行ってみよう。こういうのはシチュエーションが大事だからな。さ、向き合って向き合って。そうそう。いいか、君たちは二人きりだ。午後の校舎、誰もいない教室、窓から射し込む暖かな木漏《こも》れ日……」

「東向きだから午後に陽は射さんぞ」

「木がないから木漏れ日じゃないし」

「細かいことはいいんだよ。とにかく、放課後に二人きりってわけだ。君たちだけの秘密の時間。耽美《たんび》な空間。お嬢様言葉で優雅に歓談していたがやがてどちらからともなく無言で見つめ合い、お姉さまのほうが『タイが、曲がっていてよ』と首の後ろに手を」

長々語り続ける演劇部部長は置いておくとして、柚乃の頭の中は目の前に立つ友人に占められていた。いつもと雰囲気の違う早苗は柚乃の知らない落ち着いた魅力に溢れており、見れば見るほど妙な動悸が胸を襲った。

話の中と同じ弱い風が髪にあたるのを感じ、本当に二人きりでいるような気分になる。体の後ろで手を組み、じっとこちらを見つめている幼げな少女。微笑んでいたはずのその口元は、いつの間にか恥ずかしがるようにきゅっと結ばれていて。

彼女は一歩近づいてきた。思わせぶりな上目遣いについどきりとしてしまい、柚乃も顔を伏せた。ハイソックスを穿《は》いた細い脚が視界に入る。もう一歩距離が詰められ、互いのプリーツスカートが音もなく触れ合った。腰に添えられた手が脇腹を這うように上がってきて、こちらもためらいつつ手を伸ばし――

くっつく瞬間、早苗はまた「ぎゅう」という擬音を口に出した。

「おー、自然に抱き合った！」

「さすがは俺だな。風ヶ丘の蜷川幸雄《にながわゆきお》と呼んでくれ」

「お前のせいじゃないという気もするが」

「柚乃、なんか顔赤いよ。大丈夫？」

「う、うるさい」

「心なしか息も荒いね」

「袴田さん演技上手いなあ。その調子その調子」

「演技じゃないという気もするが」

「いいから早く考えてください！」

のうのうと観賞している三人を一喝した。裏染は億劫《おっくう》そうに立ち上がると、ロッカー側の出入口から廊下に出て、記述の中と同じように少しだけ隙間を空けて戸を閉めた。正方形のガラスを通し、こちらを見つめる。

「宍戸はこの位置から見た。二人はあの位置。……何か引っかかるな」

「何が？」

香織が聞いたが、答えは「わからん」という頼りないものだった。

「あたし思うんだけどさ、もしかして最初から教室には誰もいなかったんじゃない？　宍戸さんが見たのはスクリーンに映る映像だったとか」

「お、それ面白いなあ。俺もさ、でっかい鏡を使ったトリックなんじゃないかと思うんだよ。推理小説とかでよくあるだろ？　ほら、話の中にもちゃんと『姿見に映る虚像のような』って書いてあるし」

「両方ありえない」

戸を開け直して、裏染は首を振った。

「スクリーンやでかい鏡がこんな教室にあるはずないし、あったとしても宍戸が入ったとき跡形もなく消えてたなら、やっぱりどこに消失したのかって謎が残る。それに、そもそも二人は実在してたはずだ」

「どして？」

「虚像なら、教室の中から二人の荒い息遣いが聞こえるはずない」

簡潔かつ明瞭な答えだった。嘘だと疑いながらも、なんだかんだでちゃんと考えているらしい。

「うーん、だとしたらどこに消えたんだろうね。どっかに隠れてたとか?……あ、宍戸さんが教室に入るのと入れ替わりで外に出たとか」

「人が隠れられそうな場所は全部チェックされてた。教室の中に隠れるのは無理だ。入れ替わりで廊下に出ることもできない。もう一方の出入口には鍵がかかってたし、宍戸はちゃんと廊下も見返していた」

「でも、それじゃ消えようがないだろ。天使みたいに窓から飛んでったのか?」

「最後の比喩みたいに? それもどうだかな」

そこからは最初と同じように、抱き合う二人を前にして全員が難しい顔をするという、ちぐはぐな光景が展開された。

そのうち慣れると自分に言い聞かせていたが、いつまで経っても火照《ほて》った顔は冷めてくれなかった。さっきと違い、顔を突き合わせたまま抱き合っているので常に早苗の瞳が間近にあり、視線のやり場に困る。平気そうにしていた彼女の頰も少し赤くなっているのが余計につらい。

考え込みながらこちらに戻ってきた裏染に「もういいですか」と聞くと、彼は「まだだ」と無情に答え、

「やっぱり顔が隠れてないと再現性が低いな。キスするふりでいいから、もうちょっと近づけてもらえるか」

おまけにもっとひどい指示を出してきた。

「い、いやいやいや勘弁してください」

「別にいいだろ。お前、水族館行ったときイルカにキスされて喜んでただろうが」

「それとこれとは別でしょうが！」

水族館？　と、梶原が過剰に反応する。

「ちょっと待てどういうことだ。裏染お前、袴田さんと水族館行ったの？　二人で？」

「まあ行ったは行ったが、やむをえぬ事情があって……」

「なんてうらやましい奴なんだお前は！」

「なんて人の話を聞かない奴なんだお前は」

「梶ちゃん誤解だよ。別に二人きりでデートってわけじゃないんだから」

「そうだ香織、説明してやってくれ」

「あたしも行ったから二対一だよ」

「話をややこしくするんじゃない！」

柚乃たちのことは放置したまま幼なじみを叱りつける裏染と、天然パーマを掻き毟《むし》る梶原。しかし裏染、今日はいつもよりよく喋る気がする。クラスメイト相手だと意外にノリがよいのだろうか。

「ねえ、もう離れてもいいんじゃ……うわっ！」

友人のほうに目を戻すと、柚乃も叫び声を上げてしまった。唇が触れ合いそうな距離まで早苗の顔が迫っていた。

「な、何してんの」

「柚乃とならキスくらいはいいかなと」

「もっと自分を大切にしなよ！」

「んー」

「やめろ、目を閉じるな！　口をすぼめるな！」

「するのいや？」

また上目遣いを向けられ、「うっ」と言葉に詰まる。

「……こ、ここじゃやだ」

「そうだ、あたしいいもの持ってるよ」

香織が思い出したように言い、リュックのジッパーに手をかけた。何かを取り出して背中に隠し、満面の笑みでこちらに近づいてくる。裏染に頼みがあると言われたとき以上の、いやな予感が胸をよぎった。

——数十秒後、二人は一本のポッキーを両端からくわえ合っていた。早苗はいつもと変わらぬ笑顔で、柚乃はもう抵抗するのも疲れたとばかりのあきらめ顔で。

「ほんほうにきふしはあ、ほろすふぁーへ」

本当にキスしたら殺すからね、と釘を刺すつもりが、ポッキーが邪魔をしてあまり上手く発音できなかった。早苗も「わはっへうっへ」と返す。わかってるってと言ったのだろうか。

「はい、じゃあスタート」

香織の合図で、二人は少しずつポッキーを齧《かじ》り始めた。

早苗はチョコでコーティングされたほうをくわえており、柚乃は持ち手のプレッツェル部分だった。極細タイプのポッキーは最初こそ味気なかったものの、じりじりと進むに連れ口の中に甘みが広がった。よく買っているミルクチョコ味の優しい風味。早苗の顔がだんだん迫ってきて、味わう余裕もすぐに失せたが。

互いに接近しすぎてピントがぼやけたころ、早苗は顔を少し傾けてきた。こいつ、本当にする気じゃないだろうな。「わかってるって」と言っていたが殺される覚悟か。いや、もしかしてアレは「笑って許して」の聞き間違いだったのでは？　急に怖くなって齧るのをやめる。早苗の唇はまだ近づき続ける。鼻先が触れ合ったが、背中の手に力が込められていて逃げられない。柚乃は思わず目をつぶり——そのまま、何も起こらなかった。

「やっぱり試してみるもんだな」

しばしの沈黙のあと、出入口からそれを見ていた裏染がつぶやいた。

「何かわかったの？」

「この位置からだと、いくら顔をくっつけても横顔は見えたままだ。髪が長かろうがなんだろうが、顔が隠れることはない」

それを聞きつつ恥ずかしさに耐えつつ、柚乃は疑問に思った。顔が隠れない？　では、宍戸博之の見た二人は口づけし合っていたわけではないのだろうか。

「どういうことだ？　宍戸が見たとき二人は顔が隠れていた。顎から上が……顎から上が隠れるには、どうしたらいい」

「ま、まやえふふぁ」

「まだだ。もうちょっとがんばれ」

勝手な命令は続く。極めて心外なことに、だんだんと変な気分になりつつあった。

鼻の頭同士がこすれてくすぐったかったし、加えて早苗の息が唇にかかるのが鬱陶《うっとう》しいというかもどかしいというか。わずか二センチのポッキーを隔てて柚乃のと混ざり合う吐息は、ほのかにチョコレートの香りがした。薄いブラウスを通して肌の感触も伝わってくる。色白すぎる柚乃とは違う健康的な肌は触れていてもいやな感じがせず、むしろ心地よいくらいで、それがなおさらいやだった。汗でもかいていればもっと不快に感じられただろうに、部活前というのが仇《あだ》になったか。長く続いていた猛暑日のころならいざ知らず、夏休みも明けてしまったし

――


夏の終わり。

ふと、日記の一文を思い出す。

あの話の中の出来事はちょうど今と同じ時期だ。休みが明けて学校が始まる季節。

宍戸博之が六年前に抱いていた虚無感は、ついさっきまでやる気が出ないと喋り合っていた柚乃たちにもよくわかるものだった。「何もできないうちに過ぎ去った」という記述に、胸を突かれるような気持ちがした。

十五歳の、高校一年生の夏。今年はどう過ごしたっけ。毎日のように部活に励んだが、結局

試合では負けてしまった。あとはときどき早苗と遊び、夏祭りを冷やかし、後半は宿題に追われ——中学時代から何一つ変わっておらず、始まったと思ったら終わりはあっという間だった。変わった体験といえば、八月の初めに水族館の事件に関わったことくらいだろうが、柚乃が解決したわけじゃない。解決したのは裏染だ。

この夏に自分は、何かをできたのだろうか——

柚乃は早苗からようやく視線を外し、窓の外を横目で見た。二年A組からは前庭がよく見えた。生徒のまばらだった夏休み中と違い、これから下校するらしい男子や、部活を始めるらしい楽器を持った少女たちが、植木の間を歩いている。

そして、そのうちの一人と目が合った。

「……ん——っ！」

口を閉じたままくぐもった悲鳴を上げる。すぐに商品名どおりの軽い音を立ててポッキーが折れた。早苗の腕をくぐり抜け、柚乃はその場にしゃがみ込んだ。

「え、なに柚乃、どしたの？」

「み、みみみ、見られた……」

「見られた？　誰に？」

「わ、わかんない。外歩いてた、クラリネット持った女の人に……」

「クラリネット？　そりゃアレだな、うちのクラスの山吹かもな」

と、他人事《ひとごと》のように言う梶原。

「どうでもいいですよ！　あああ、絶対なんか勘違いされた……死にたい……」

最初からの予感どおり、やっぱりろくなことにならなかった。向こうから見たらさっきの光景は柚乃と早苗が熱く抱擁《ほうよう》しているとしか映らなかっただろう。変な噂が広まったらどうしよう。クラスはまだいいが、部活は？　頭の中に憧れの女子卓球部部長の悲しげな顔が浮かぶ。そっか、袴田は私より野南のことが好きだったんだ。いやそうじゃないんです、これは誤解です。二人でお幸せにね。待ってください佐川さん待って！

「うわあああ……」

「ま、まあまあ柚乃ちゃん大丈夫だよ。あたしが山吹ちゃんに言っといてあげるから」

「そ、そーだよ柚乃、落ち着きなよ。別にあたしは気にしないし……」

「そうか、外だ！」

香織や早苗の励ましは、その背後から発せられた裏染の声で断ち切られた。

「ずっと引っかかってたのはこれだったんだ。外。窓際。……そうだ、ありえん。こんなことはありえない」

「裏染、なんかわかったのか？」

「不自然なんだよ。誰もいない教室で二人が抱き合う。そこまではいい。だが、な、なぜわざわざ窓際に立つんだ？」

その一言で、柚乃も妄想の世界から引き戻された。

「あ……」

「この教室は校舎の南端だ。前庭からよく見える。今みたいに外から覗かれる危険は充分にある。なら、窓際で秘め事にふけるはずがない。もっと外から見られにくい部屋の奥に立つはずだ。どうして窓際に立ってた？　それに、どうして顔が隠れて……いや待てよ」

裏染は眉間に力を込めたまま、こちらに戻ってくる。

「おい、もう一度だけ抱き合ってくれ。それで、顔をくっつけ合って窓のほうを見るんだ」

「へ？」

「早く！」

「あ、はい……」

真剣さに押されて、柚乃は立ち上がった。すでに準備万端の早苗と三度《みたび》抱き合い（抵抗が薄れてきたのが悲しい）、今度は頬同士をくっつけて、窓のほうへ顔を向ける。

「行き過ぎだ、もう少しこっち側へ戻せ。……いや、もう少し」

「こ、これ以上戻したら唇が……」

だが幸い、今度ばかりはすぐに御役御免となった。裏染に代わって出入口のほうから二人を見た香織が、あっと一声叫んだのだ。

「顎から上が隠れてる！」

「そうだ。この角度だったんだ」

柚乃と早苗は超至近距離で顔を見合わせた。確かに窓のほうを向いていて、それを反対側から観察したとすれば、顔が見えないのは当たり前だ。

「二人はキスしてたんじゃない。窓のほうを向いていた。抱き合って、外を見ていた。そしてそのあと消失した。何をしてたんだ？　どこに消えた？　どこに……」

裏染は梶原の手からノートを奪い、それを読み返しながら机の周りを歩き回った。

そして、はっとしたように顔を上げた。

「夏の終わりだ」

「え？」

「喜べ梶原、消失の謎が解けたぞ」

微笑を浮かべて梶原を振り返る。唐突すぎる宣告に、ハプニング慣れしている演劇部部長も目を丸くした。

「と、解けた？　マジでか！」

「ああマジだ。袴田妹と野南もご苦労だった。あとで香織からポッキーをもらうといい」

上から目線でねぎらわれる。「もうポッキーはこりごりです……」と柚乃は返す。

「で、どうやって消えたっていうの？」

眼鏡の奥の瞳をらんらんと輝かせ、香織が聞いた。

「単純な話だ。毎年のことなのに気づいてなかった」

「毎年のこと？」

「今年は明日か？　いや、そうか明日は土曜か。じゃあ一日前の今日に繰り上げられてるかもな。もう放課後だし、ひょっとしたらすぐにでも……」

と、裏染が黒板の上のスピーカーを見上げた瞬間、
ジリリリリリリリリリ！
誰もが動きを止めるほどの大音量で、非常ベルの音が鳴り響いた。
それがやむと同時に、男性教員のかしこまった声が学校中に流された。
『訓練、地震発生。訓練、地震発生――』

5

グラウンドには生徒たちが続々と集まってきて、千人分の行進がよく晴れた空に砂埃《すなぼこり》を舞い上げていた。すでに部活動に備えて着替え終わっている者も多く、各部活のユニフォームや学年ごとに色の違う体操着が、制服の中に交ざってカラフルに入り乱れている。

その片隅の木陰で、隠れるようにして騒ぎを眺めている生徒が四人。梶原に柚乃、髪をポニーテールに戻した早苗。そして、

「おーおー、やってるやってる」

と、ポッキーを齧りながら傍観者めいたことを言う裏染。香織だけは避難が始まってすぐにどこかへ行ってしまい、メンバーから外れていた。

「私たち、並ばなくていいんですか」

「この調子ならあと十分はかかるだろ。まだ大丈夫だ」

学校のあちこちに散らばっていた生徒たちは、突然の避難訓練でグラウンドに集められ、クラスごとに並べと言われたものだからまったく隊列が取れていなかった。喋り声があちこちで飛び交い、朝礼台の上では小太りの校長がいらいらとした様子で腕時計を睨んでいる。

「毎年のことって……この避難訓練？」

早苗が尋ねると、裏染はうなずいた。

「日記の一番初めに日付が書いてあったのに、見落としてた。六年前はまだ風ヶ丘も三学期制で、夏休みは八月いっぱいまであったんだろうな。宍戸が二人を目撃したのは夏休み明けの第一日目。九月一日——防災の日だ」

「防災の日……」

休み明けの陰に隠れてあまり目立たないが、夏の終わりに毎年必ずやって来る日。九十年近く前、関東を大地震が襲った日。

「この日は全国的にあちこちで避難訓練が行われる。もちろん学校でもそうだ。宍戸は部室に一人こもって、深く眠り込んでいた。その間に非常ベルが鳴って、避難訓練が行われた。おそらく今日みたいに、授業時間外でもきちんと避難できるかどうかを試そうとしたんだろうが……その経験は活かされてないっぽいな」

苦笑しながら、裏染はいまだ落ち着かない生徒たちへ目をやる。痺《しび》れを切らした校長が「いいかげん静かにしなさい！」と拡声器を使って叫び、ハウリングの音が長く尾を引いた。

「まあとにかく、宍戸は非常ベルに気づかず避難することができなかった。奴一人だけ取り残されたのは当たり前だ。放課後の時間帯だし、演劇部は活動日じゃなかった。部室の中に人がいないと思われたんだ。起きた宍戸はペンケースを取りに部室を出るが、校舎にも前庭にも誰もいない。それも当たり前だな。他の生徒は全員グラウンドに避難してたんだから」

　ああなるほど、と柚乃も納得した。いくら部活の時間帯とはいえ、校舎から完全に人がいなくなるなんておかしいと思っていたが、避難訓練なら話は別――いや、待てよ。

「でも、じゃあ、A組にいた女の子たちは？」

「そうだな、そこが問題だ。避難訓練中、女子が二人だけ校舎に残っていた。三階の南端の教室で、窓際で抱き合って顔を外に向けていた。そしてそのあと煙のように消え去った。ということは、どういうことだと思う？」

「どういうことって……」

　渋面を作ってしまった梶原に、裏染はわかったわかったと声をかけて、

「じゃ、まずは事実の確認からだ。宍戸はA組の教室で抱き合う女子二人を見た。そのあとずっと出入口から目を離さなかった。二人は出てこなかった。が、次に中を覗いたら消えていた。二人が教室を出ていったことは間違いないが、監視されていた以上、廊下の出入口を通って出ていったんじゃない」

「うん、そりゃそうだ」

「てことは、残る出入口は窓だ。窓は最初から開いていた。風が吹き込んでいたんだから当た

り前だな。しかし宍戸も言っているとおり、窓から出るには三階は高さがありすぎるし、飛び移れそうな木も近くにはない。羽の生えてる天使ならともかく、人間が脱出するためにはロープかはしごのようなものが必要だったはずだ」

天使のくだりで、裏染は柚乃と早苗のほうを一瞥した。二人は天使だと認定してくれたのか、それとも小馬鹿にされたのか。たぶん後者だ。

「はしごったって……」

「ああ。もちろんただの高校の教室に、そんな都合のいいものが置いてあるわけがない。現に宍戸の記述にも『特筆すべきものは何も置いていないごく普通の教室』とあった。それにたかが教室から出るだけで、いちいちアクション映画みたいな方法を取るのは馬鹿げてる。だが、あの日が防災の日で、この学校でも災害に備えた訓練が行われていたと考えると……」

「お待たせー！」

そのとき、赤い眼鏡の女子がこちらへ駆けてきた。裏染に何やら用事を言いつけられていたらしい香織だった。合流するなり、早口で報告する。

「先生に聞いたら本当だったよ。六年前の避難訓練のとき、特別にあれが来たんだって」

「そうか、ご苦労。ポッキーを一本やろう」

「いや、もともとあたしのだから……」

「あれって……何が来たんですか？」

「防災の日に学校に来る可能性があって、かつ三階まで届く長いはしごを持っていて、数分後に誰かが窓から覗いてもすでに姿が見えないほど素早く移動ができるもの」

腕の位置を高くし、鶴の首が伸び上がるようなジェスチャーをしながら、裏染は続けた。

「消防署のはしご車だよ」


防災の日には確かに、学校を筆頭とした多くの場所で防災訓練が行われる。

だがそれは、何も避難訓練だけに限った話ではない。バケツリレーの練習をしたり、消火器の使い方を確認したり、避難用の滑り台を試してみたりするのは、誰しも小学校などで経験のあることだろう。

さらに本格的なものになると、消防署や救助隊の人間を招いてより現実に近い訓練を見せてもらうこともある。柚乃にもそんな記憶があった。小さかったころ、参加賞のお菓子に釣られて、兄と一緒に自治体の防災訓練に行った。消防団の小型ポンプ車が来ていて、実際に放水するところを見学したのだ。炎の絵が描かれた安っぽい木のパネルと、水しぶきの中に見えた小さな虹を今でも覚えている。

他にも本格的な訓練というと、応急処置の講義を受けるとか、起震車に乗って地震を体感するとか。それに——

「六年前に風ヶ丘高で行われたのは、はしご車の救助訓練だ」

齧りかけのポッキー片手に、裏染が言った。

「香織、どんな段取りだったかは聞いたか？」

「えーっとね」と、新聞部部長はメモ帳を開く。

「避難訓練が終わったあと、みんながグラウンドから前庭に移動してね。はしご車が前庭に入ってきて、志願した総務委員の女の子が二人、窓から顔出してて。地震でドアが歪んで校舎に閉じ込められたって設定で、三階から救助されたんだって。十分くらいで終わったらしいけど」

「じゃ、じゃあ宍戸先輩が見た二人って」

「救助される役を任されて、教室で待機していた総務委員だろうな。二人が消えたのは、はしご車のはしごに乗って窓から出ていったからだ」

裏染は静かな声で、消失問題の結論を下した。

「だが訓練とはいえ現実味がなきゃ意味はない。生徒たちの前で救助されるとなればなおさらだ。ちゃんと、本当に閉じ込められて怖がってるって演技をする必要がある。……梶原、俺と二人で怖がる演技をしろと言われたら、お前どうする？」

「二人で怖がる？　そりゃ、こうやって……あれ？」

演劇部部長は顔を歪めて、震えながら裏染に抱きついた。そして、自分自身でその行動の意味に気づいた。

「そうか！　二人はキスしてたんじゃなくて」

「怖がってたんだ。抱き合ってたのも、指が震えてたのも、息が荒かったのも全部閉じ込められて怖がる演技。そして前庭からよく見えるよう窓際に立ち、外へ顔を向けていた。宍戸が見たのはその後ろ姿だ」

「じゃ、あのとき前庭には……」

「ちょうど生徒たちが集まり始めてるとこだったんだろうな。二人は怖がる演技をして、それを待ち構えていた」

　グラウンドから戻ってきた生徒たちの目に、真っ赤な大型車と三階の窓で震えている二人の少女が飛び込めば、大いに興奮を呼んだことだろう。そしてその演技が、背後から覗くまったく別の生徒を驚かせることにもつながった。

「なるほど……」

「わかったら離れろ」

　裏染は顔をしかめて、密着している梶原の頭を押しのける。自分が抱き合うのはいやなのか。

　生徒たちはだんだんと列を作って並び始めており、喋り声に代わって総務委員や教師たちの指示が響くようになっていた。その間、裏染は特に急ぐ様子もなく、日記の記述の裏で何が起こっていたかを解説した。柚乃の頭にも、歌舞伎揚げを持って狼狽《ろうばい》するＯＢの姿が思い描けた。

　宍戸は二人を目撃したあと、階段のほうまで廊下を戻る。そのころ前庭では生徒の移動が済み、救助訓練が始まっていた。訓練中にはある程度声も上がっただろうが、宍戸の耳には届かなかった。なぜなら彼は、後ずさるとき教室の戸の隙間を閉めていたし、階段の前にいる間もボリボリと音を立てながら歌舞伎揚げを齧っていたのだから。

しかし十分後、無事に救助が成功したときに生徒たちが上げた一際大きな歓声は、校舎の壁を通して宍戸にも伝わった。彼はその男女入り交じったはしゃぎ合うような声を聞き、もう一度教室を覗く決意をする。が、蛞蝓のようなのろさで一歩ずつ進む間に前庭では生徒たちが解散。はしご車も、緊急車輛が学校で油を売っているわけにもいかないので、すぐに消防署へ帰ってゆく。宍戸が教室へ辿り着くと当然そこには誰もいない。前庭には、部室棟や体育館へ戻ってゆく生徒たちの姿だけがあった――

「訓練に選ばれた場所は二年A組。第一校舎南端の教室は前庭からもっとも近く、大型車輛が停車しやすい。それに三階は一番都合のいい高さだ。二階分の高さじゃはしご車が出るほどじゃないし、四階以上だと万一失敗したとき本当の大事故になる可能性があった」

二年A組が選ばれた理由まで説明し尽くすと、裏染は口を閉じた。

柚乃たちはそろって息を吐いた。

「うーん、幽霊じゃなかったか……」

メモ帳を胸のポケットに収めて、香織がつぶやく。

「ロマンがなくて残念だったな」

「はは、ちょっとね。でも、これはこれで……」

「いたいた。裏染君たち、そんなとこで何してんの」

ふいに、すぐ近くから声がかかった。

髪にウェーブのかかった少女が、〈2-A〉と書かれたプレートを持ってこちらを見据えていた。柚乃はすぐに思い出す。ついさっき、前庭で目が合ったクラリネットの女子だ。

「お～、山吹ちゃん」

「よっす、向坂……じゃなくて、早く並んでってば。もうみんな集まってるよ」

どうやら彼女は総務委員でもあったらしい。「整列遅れちゃうとうちが怒られるんだから」などと愚痴交じりで視線を流した山吹は、クラスメイトたちの背後に立つ柚乃と早苗の存在に気づいた。そのとたん、顔が真っ赤になった。

「と……とにかく、早く来て」

そっぽを向いて、恥ずかしそうに生徒たちの中へ走り去ってゆく。柚乃はまた地面にうずくまりたくなった。

やっぱりあのとき見られていて、何か激しく誤解されたようだ……。

「ぼちぼち行くか」

裏染がようやく日光の下へ踏み出した。柚乃たちも続いた。

昼下がりのよく晴れた空。陽射しは、思ったよりもずっときつい。

「でも結局さ、教室にいた二人の関係ってなんだったのかな」

香織が独り言のように言う。裏染は「さあな」とぶっきらぼうに答えて、

「そこまでは誰にもわからん。抱き合ってるってのは宍戸の勘違いだったが、だからって二人がただの友達同士だったっていう証拠にはならないし、もちろん逆も然《しか》りだ」

「…………」

少女たちはキスしているわけではなかったし、抱擁は訓練のための演技だった。しかし、そうやってくっつき合っていた二人の内心までは、推理の及ぶ領域ではない。ましてや宍戸が教室を覗くよりも前、二人がどんなふうに待ち時間を過ごしていたかなんて。

校内で誰にも邪魔されず二人きりになろうと考えたとき、避難訓練中の教室ほど都合のいいシチュエーションは他にない。

委員会で救助される役の志願者を募ったとき、互いに目を合わせてから手を上げる二人。他の生徒たちがグラウンドに集まっている間、静まり返った教室で微笑み合う二人。頰を赤く染め、そっと指を絡める二人——

ありえたかもしれないそんな光景は、確かにちょっぴりロマンチックだった。

「いやあ、次の公演はこれで決まったな」

梶原が満足そうに顎を撫でた。そういえば彼は、もともと十月の公演を何にするかで悩んでいたのだったっけ。早苗が首をひねり、

「何に決まったんですか」

「もちろん宍戸先輩の体験談さ。裏染の推理でオチをつけたら面白くなりそうだ。そのときは野南さんたちにも出演頼むよ、幽霊カップル役で」

「無理です」

元気に承諾しようとする早苗の口をすかさず塞《ふさ》ぎ、柚乃は笑顔で断った。演劇部部長はもとより返事を気にする様子もなく、裏染へ「脚本協力でお前の名前も出すから」などと話しかけ

る。勝手だ。

「それにしても本当に助かったよ。さすがは俺の見込んだ男」

「お前に見込まれた覚えはないし、もう相談事もこりごりだ」

「そう言わずにさあ……あ、そうだ、再来週から期末テストだろ。今度勉強教えてくれよ」

「おおっ、いいねそれあたしもやりたい。勉強会しようよ勉強会」

「誰がするかそんなもん」

すがる友人たちを裏染は冷たくはねのけた。そのやりとりを見て、柚乃はふと疑問に思った。梶原に頼まれ日記の謎を解いた裏染だが、解決しても一向に報酬をもらう様子がない。いつもなら現金とか、新型のエアコンとか、食券とか焼き鳥とか、大なり小なり何かしらの見返りを求めるはずなのに、今回はどうやら無償で謎解きしたようだ。なぜだろうか？

いや、それだけじゃない。思い返せば今日の裏染は普段よりふるまいが妙だった。簡単に言えば、活発すぎた。わざわざ柚乃の教室へ実演を頼みにやって来るし、急いでるんだと何度も急《せ》かすし、日記は嘘だと言いながらも終始真面目な顔で考えているし……おまけにいつもよりノリがよくて、よく喋った。

日記の中の何かに興味を持ったのだろうか。やはり、密室からの消失という点が好奇心をたぎらせたか。それとも天使のような二人という記述に心くすぐられたのか。だが、それなら最初から嘘だと断じることはないはずだ。

ということは——

「裏染さん、ひょっとして幽霊が怖かったんですか?」

ぼそりと言った瞬間、彼は動きを止めた。

早苗や梶原たちはそのまま歩いていってしまい、二人だけが取り残される形になった。

「……なんだって?」

「日記の中だとあの二人のことを、幽霊みたいに書いてましたよね。香織さんも幽霊に違いないって言ってたし。裏染さんもしかして、自分のクラスに幽霊が出るって知って、怖かったんじゃないですか?」

いや、自分のクラスどころではない。彼にとって学校に幽霊が出るということは、自分の家に幽霊が出ることと同義なのだから。

「それで心配になって、幽霊なんて存在しないってことを証明したくて、必死に謎解きしたんじゃ……」

控えめに自説を披露する間、裏染は柚乃を見つめていた。柚乃も黒い瞳から目を離さなかった。

「……俺が、幽霊を怖がってたって?」

「はい」

「だから謎解きした? 怖かったから?」

「そうじゃないかな、と」

「馬鹿を言え」

裏染は一笑に付した。

「どうしてこの年になって幽霊なんか怖がらなきゃいけないんだよ。そもそも怖がる理由がないだろ。六年前の話だし、二人とも美少女だっていうし、夜ならともかくこんな真っ昼間だし」

「幽霊、信じてるような口ぶりですね」

「え？　ばっ……いや、違う。信じてない」

彼は動揺したように顔を強張らせ、それからすぐに目を逸らし、香織たちのあとを追って歩調を速めてしまった。おかげで表情はわからなかったが、その間もぶつぶつと文句を言い続けるのが聞こえた。

「ったく何言ってんだか。信じちゃいないし、信じてたとしても怖かない……そうだ、夏なんだから化けて出られた方が、背筋が涼しくなってちょうどいいってもんだ。うん」

まるで、自分で自分に言い聞かせているみたいに。

「……ぷっ……ふふっ」

急に笑いが込み上げてきた。冷静に真相を見破るような男でも、怖いものは怖いらしい。間抜けな一面がおかしくて、そして、少しだけかわいらしかった。

「もう、夏は終わってますよ！」

柚乃は皮肉を投げてやる。

「まいりました」の証《あかし》か、それとも「うるせえ」と言いたいのか。裏染は背を向けたままひらひらと手を振ると、早足で生徒の列の中に消えていった。

その花瓶にご注意を
The Adventure of the Silent Vase

1

生徒たちは皆一様に、暗い色の制服を着ている。

男子は真っ黒なズボンに、夏服とは思えぬほど首回りが締まったグレーのシャツ。女子は古めかしいセーラー服で、色は上下ともに紺。ただしその紺の濃度は極めて濃く、こちらもほとんど黒に近い。半袖の袖口と襟に入った一本のライン、そしてスカーフの色だけが別で、やや黄味がかった鮮やかな赤色をしている。

燃えるような、緋色《ひいろ》である。

私立緋天学園。横浜国大のほど近くに広い敷地と現代風の校舎を構え、中等部・高等部合わせて二千人以上の生徒数を誇る中高一貫校。

創立から五十年あまり、学業においても部活動においても毎年多くの実績を挙げており、今では神奈川屈指の名門として名を馳《は》せている。一口に進学校といっても、風ヶ丘や唐岸《からきし》を始めとする近隣の公立校とはレベルが一段違っている。高い倍率に高い偏差値、そして何より高い格式。ついでにいえば学費もかなり高い。

必然、そこに通う生徒たちがまとう雰囲気も学園に似て独特だ。礼儀正しすぎる優等生もいればその秀才ぶりをこじらせたような性格の者もおり、誰もが総じて面倒くさい。

これから私が会いに行く友人も、そんな生徒の一人である。

＊

空き教室の前では、漂う埃《ほこり》が淡く瞬《またた》いていた。

西校舎一階端のこのあたりは中等部の敷地内でも最果てに位置し、放課後は生徒も教師もほとんど寄りつかない。人影といえば、窓の外でキャッチボールをしているソフトボール部の部員が二人と、片手にファイルを持って廊下にたたずむ眼鏡の女子が一人——つまりは私くらいだった。

廊下の奥には二階に続く階段と、外へつながる非常口があるだけ。その手前の窓際にはくすんだ木製の台があり、申し訳程度に花瓶が一つ置かれている。

三〇センチくらいの円柱形の花瓶で、赤と緑の大小さまざまなガラスが組み合わさり、不規則な模様を成している。アクセントとしてか、縁のあたりには一ヶ所だけ小さな水色のガラスが使われており、シンプルながらなかなか洒落《しゃれ》た作りだ。窓から射し込む九月の陽射しがその花瓶を通り過ぎ、ステンドグラスめいた影を床に落としていた。

花瓶には美しく色づいたヤマユリの花が二本挿してあったが、そのうち片方が傾いて窓ガラスと接していた。どうにも気になってしまった私は台へ近づき、指先で花弁がこちらを向くようそっと直す。

うん、よし。

うなずいてから数歩戻り、空き教室のドアの前に立った。三年のクラスはもぬけの殻だったし、合唱部の部室にもいなかったので、残るはここだろうと見当をつけたのだ。

ノックすると、三秒と経たぬうちに引き戸が開けられ、中から女子生徒が駆け出てきた。眉の細い気弱そうな女の子で、上履きの色から一年生だとわかった。顔を真っ赤にして私の横をすり抜け、全力ダッシュで逃げていく。あまりの恥ずかしげな様子に廊下を走るなと注意する気も起きなかった。制服が乱れていなかったのがせめてもの救いか。

走り去る少女を見送ってから、教室の中へ入る。

「なんだ姫毬《ひめまり》、あなただったの」

予想どおり、窓際の席に座っているクラスメイトの姿がそこにはあった。中三にしては小柄な体を椅子ごとこちらへ向け、優雅に脚を組んでいる。スカートから覗くすべすべした膝小僧がやたらとまぶしい。

「急にノックするなんて失礼じゃない。おかげであの娘《こ》、バッグを置いていってしまったわ」

「急にノックしないでどうノックしろと言うんですか」

私は彼女へ近づいていく。

まつ毛の濃い二重まぶたと光を湛《たた》える幼げな瞳が、どことなく妖精めいた魅力を醸《かも》し出す、油断しているといつまでも見入ってしまいそうな少女だ。長い黒髪を左耳の後ろで一つにまとめ、肩から前に垂らしている。結び目で光っているのは音符を象《かたど》ったラメ入りの髪飾り。机の上にはノートが広げられ、その脇にキューピィロップのキャンディーがいくつか散らばっていた。

「アクセサリーも菓子の持ち込みも、うちでは禁止されてますよ。鏡華」

「そうだっけ」

鏡華――裏染鏡華という名のその少女は、とぼけた調子でキャンディーを口に放った。

「一ついる?」

「遠慮します。今の一年生とはいったい何を? 初めて見る顔でしたが」

「別に変なことはしてないわよ。抱きよせて髪の匂いを嗅いだりしていただけで」

「充分変ですね」

変の下に態がつく所業だ。右耳にぞわりと悪寒が上るのを感じ、私は髪を掻き上げた。パタパタパタ、と誰かが階段を下りてくるような音が聞こえた。

「それで姫毬、何か用?」

「その呼び方はやめてください。〝仙堂さん〟と苗字でお願いします」

「どうして? 姫毬ってかわいいじゃない」

「かわいすぎるのが問題なんです」

地味なストレートヘアに野暮ったい眼鏡、笑っていても怒っていても大差のない無愛想な顔。自分の容姿と性格を充分わきまえている私にとって、〝姫毬〟なんて名前は不釣り合い以外の何物でもなかった。父が名付けたらしいのだが、県警の警部などというお堅い仕事に就いているくせして、妙なところがメルヘンチックなので困る。

「まあなんの用でもいいんだけど、できればそっとしておいてほしいわ。スランプ中だから」

「スランプ？」

鏡華は机に広げていたノートを私に差し出した。ペン字講座のテキストに出てきそうな字で、新しい歌詞が書き込まれていた。

爪に針・背に鞭《むち》・眼に鋏《はさみ》　血まみれ死体はこのわたし
破壊的衝動振り回し　手首だけ無事でもつらいでしょ？
だから死なせてくださいと　はやく殺してちょうだいと
叫べど叶わぬ生き地獄　午後四時半の下校時刻
あの人だけには吐き出せない　ＨＥＹ（※繰り返し）

「いつもどおりの歌詞に見えますが。なんの歌ですか？」

「恋する乙女の歌」

「……なるほど、スランプですね」

鏡華はときどき、こうして誰にも見られない場所で怪しげな作詞に興じている。どうやらネットで音楽活動をしているらしいのだが、その詳細は私も知らない。

「私いま、恋してるの」

ノートを返すと、彼女は机に頬杖をついてスランプの理由を明かした。「え?」と二度聞きしてしまうような発言だった。

「恋ならいつもしてるじゃないですか。行きずりの後輩を抱き枕代わりにしたり」

「そういうんじゃなくてもっと本気の恋よ。一目惚《ぼ》れ。ああ、初恋かも」

本気かどうかは知らないが、確かにこんな物憂《う》げな様子の鏡華は珍しい。

「お相手はどんな女性です?」

私は尋ねてみた。ちなみに相手が男性であるという可能性は、鏡華に限っては百億に一つもありえないので最初から除外した。

「風ヶ丘高校に通っている一つ上の先輩でね、袴田さんというのだけど。知ってる?」

「知るわけないでしょう」

友人の想い人とたまたまつながりがあるほど、この世間は狭くない。

「一目惚れするほど素敵な方なんですか」

「そりゃもう」と鏡華は夢見るような目つきになり、

「初めて会ったときの姿が今でも忘れられないわ。運動好きの文学少女とでもいうべき形容矛盾を秘めた天使のように無垢《むく》な顔。汚れのない白い肌に折れそうな手足。小ぶりな胸からくびれた腰にかけての美しいライン。お尻もきゅっと締まっていて――」

「裸を見たような口ぶりですね」

「見たのよ。兄の部屋を訪ねたら彼女が一人で水着を脱いでるところだったの。あんなラブコメ漫画の主人公みたいな体験初めてしたわ」

よくわからないが、確かにそれは衝撃的な出会いだ。

「そうそう、そのあと風ヶ丘のお祭りでも偶然会ってね。袴田さんに水あめもらっちゃった。あの食べかけの水あめときたら天にも昇るほどの甘さだったわ。そういえばサクランボも一緒にもらったのだけど、これって彼女なりの暗喩《あんゆ》か何かかしら？」

「どうでもいいですし、水あめが甘いのは当たり前でしょう」

「……姫毬、あなたって面白くないわね」

「余計なお世話です」

お世話ついでに会話を切り上げ、私は傍《かたわ》らに持っていたリングファイルを机の上に置いた。表紙にはプリントアウトされた明朝体で〈生徒会〉の三文字。

鏡華はいやいやめくってチラと目をやり、興味なさそうに読み上げる。

「東校舎で落書き。化学部室で鍵破損……この、〈花火の密売〉って何？」

「夏休み明けに売れ残った花火をあちこちから集めて、安値で生徒に転売している者がいるらしいんです」

「アホなことを考える奴がいたものね」

「同感です」

「で、そのアホな問題が生徒会の雑用係さんに押しつけられたってわけ？」

「……私は雑用係ではなく、雑務係です。歴《れっき》とした役職です」

意地悪く笑う鏡華に、私は持ち前の冷たい目を向けた。

厳しい規律と徹底した学生自治という相反する特色を、生徒のポテンシャルに任せて無理やり実践しているのが緋天学園である。授業時間外で起きた学内のトラブルは基本的に生徒会が受け持つならわしであり、その中でも実際の解決役として設けられているのが雑務係という特異な役職、すなわち私の仕事だった。

とはいえ、面倒くさい生徒ばかり集まったこの学び舎。問題が起こりすぎて、一人ではオーバーワークに陥ることもしばしばあり……。

「雑用処理を手伝ってくれっていうならお断りするわ」

頼むより先に、鏡華はファイルを突っ返してきた。雑用ではなく雑務だというのに。

「見てのとおり、私は恋と作詞に悩んでいて忙しいの。高雅な時間の邪魔をしないで」

「行きずりの一年生と抱き合う暇はあるのにですか」

作詞ノートに向いた鏡華の手から、シャーペンが取り落とされる。

「……うるさいわね。だいたい、助っ人探しでどうして私のところに来るの」

「なんだかんだいって鏡華は優秀ですし、他に頼りになりそうな者もいないので」

「なるほど、姫毬には友達が少ないものね」

「校則違反と後輩へのセクハラ、職員室に報告しておきますから」

「ちょっと待って、それはずるいでしょ！」

「あなたの性格がひねくれすぎてるのが悪いんです！」

「あの」

つかみ合いの喧嘩が始まりかけたそのとき、私の背後で控えめな声がした。

振り向くと、開かれたドアから先ほどの一年女子が顔を出していた。あ、そういえばここに入るとき、戸を閉めるのを忘れていたかもしれない。私としたことがなんたる不覚。

「麻衣《まい》、あなた荷物を忘れていったわよ。まったく、慌てて出ていくんだから……」

鏡華がバッグを持ち上げたが、麻衣と呼ばれた女の子はなぜか私のほうを向いて「あの、生徒会の仙堂先輩ですよね」と話しかけてくる。

「ええ、そうですけど。何か」

「あの、花瓶が……」

「かびん？」

私は鏡華と顔を見合わせ、二人して廊下へ出た。気弱な一年生が伝えようとしていたことの意味が、一目でわかった。

さっきまで台の上に載っていたあの花瓶が、床の上で粉々に砕け散っていた。

2

丸く広がった水と、そこに浸った重なり合う破片。原形を留めているものから砂のように細かくなってしまったものまで、台の前いっぱいに赤と緑が散らばっている。西陽を反射する宝石のような輝きが目に眩《まぶ》しかったが、それはもはや本来の用途をなさぬ、ただの綺麗なガラス片でしかなかった。二本のヤマユリがその中心に横たわっている様は、花が供えられた墓標を思わせた。

「ば、バッグを忘れたことを思い出して、取りに戻ってきたら、こうなってたんです」

麻衣がたどたどしく語る。私は虚《むな》しい気持ちで足元の残骸を見やった。

「さっき見たときはなんともなかったのに、いったい誰が……」

それから傍らの一年生へ目を移し、

「あなたが落として割ったのではないんですね?」

「ち、違いますよ」

「そうね、違うわ」と鏡華。

「私には開いたドアから廊下がずっと見えていたけど、麻衣も含めて誰もそこを横切らなかったもの」

花瓶のあった位置は、開けっ放しになっていたドアよりも廊下の奥側だ。廊下からやって来た者が花瓶に触れるには、ドアの前を横切らなければならない。

とすると割ったのは誰だろう。廊下の端にある階段か、非常口を通ってやって来た何者かのしわざだろうか。そういえば教室に入ってすぐ、誰かが階段を下りてくる足音が聞こえた覚えがある。いや待て、台の脇の窓は開いてるし、外からボールか何かが飛んできたという可能性も……。

「鏡華、どう思います？」

「どうって何よ。あなたまさか、割った犯人を探す気？」

意見を仰ぐと、鏡華はあきれ声で応じた。

「もちろん探す気です。花瓶は学校の備品。備品破損は立派な校則違反。割った者がどこかへ逃げたなら、見つけ出して反省させないと」

「堅すぎだわ。刑事をしてるっていうお父上譲りかしら。そんなんだから雑用止まりなのよあなたは」

「私は雑務係です！　それに父は関係ないでしょ！」

「まあ好きにしてちょうだい、私は手伝わないから。麻衣行きましょ。ほらバッグ」

「え……先輩、帰っちゃうんですか」

投げられたバッグを受け止めつつ、麻衣は私と鏡華を交互に見やった。「当然でしょ」と鏡華はガラスの破片を見下ろして、というか見下して、

「面白そうな事件ならつきあってあげてもいいけど、こんな大したことない謎じゃやってられないわよ。幼稚園児じゃあるまいし、花瓶の一つや二つ割れたくらいで騒ぎ立てるなんて馬鹿らしくって……」

しかし何を思ったのか、その生意気な口は途中で閉ざされた。鏡華はよぎった思考を追いかけるかのように、眉をひそめて視線を泳がせる。

最終的に、その視線は私の元に漂着した。

「ねえ、姫毬。この花瓶って、けっこう大きかったわよね？」

「はい。三〇センチくらいありました」

「そんな大きなものが割れたなら、普通、音がするはずよね。ガチャーンって。あなたその音を聞いた？」

「……いえ」

言われて、私もおかしさに気づく。ドアは開いていたのだから、廊下で物音がすればそれは必ず教室の中にも届いたはずだ。なのに私たちは、花瓶が割れた音を聞いていない。

「どういうことかしら」

鏡華は神妙な顔を床に近づけ、改めて割れた花瓶を観察した。そのましゃがみ込むと、廊下の隅から何かを拾い上げた。

ガラスの破片――ではなく、ペットボトルのキャップだった。半透明の水色をしていて、一般的なものよりもやや平べったい。上部には〈限定Tシャツ〉〈1点〉と書かれたキャンペーンか何かのポイントシールが貼ってある。

「姫毬、このキャップ、あなたが教室に入るときもここに落ちてた?」

「さあ……よく覚えてませんが、たぶん落ちてなかったと思います」

「でしょうね。まだひんやりしてるもの」

キャップはしばらく弄《もてあそ》ばれたあと、スカートのポケットにしまわれた。

立ち上がると、鏡華は浅く息をついた。

「とりあえず、放っておくのも危ないし……片付けましょうか」


それから十分間は、花瓶の後始末に費やされた。

私は生徒会室に取って返し、新聞紙と軍手を手に入れてくる。麻衣も廊下を戻り、水道横の掃除ロッカーから雑巾とバケツを運んできた。軍手を着けた手でガラスを新聞紙の上に片し、拾いきれない細かい破片と広がった水は雑巾で拭き取った。濡れた雑巾は、軍手越しでもひんやりと冷たかった。

意外にも、一番きびきびと動いたのは鏡華である。ガラスをまとめるのも雑巾がけをするのも私たちよりずっと手際がよく、なんだか古き良き時代の主婦を見ている気分になった。鏡華には、割烹着《かっぽうぎ》は似合わないかもしれないけど。

「このあたりって確か二階建てよね?」

外した軍手を一つにまとめながら、そんなセーラー服姿の若妻が尋ねてきた。私は「ええ」

緋天学園中等部・西校舎（一部）

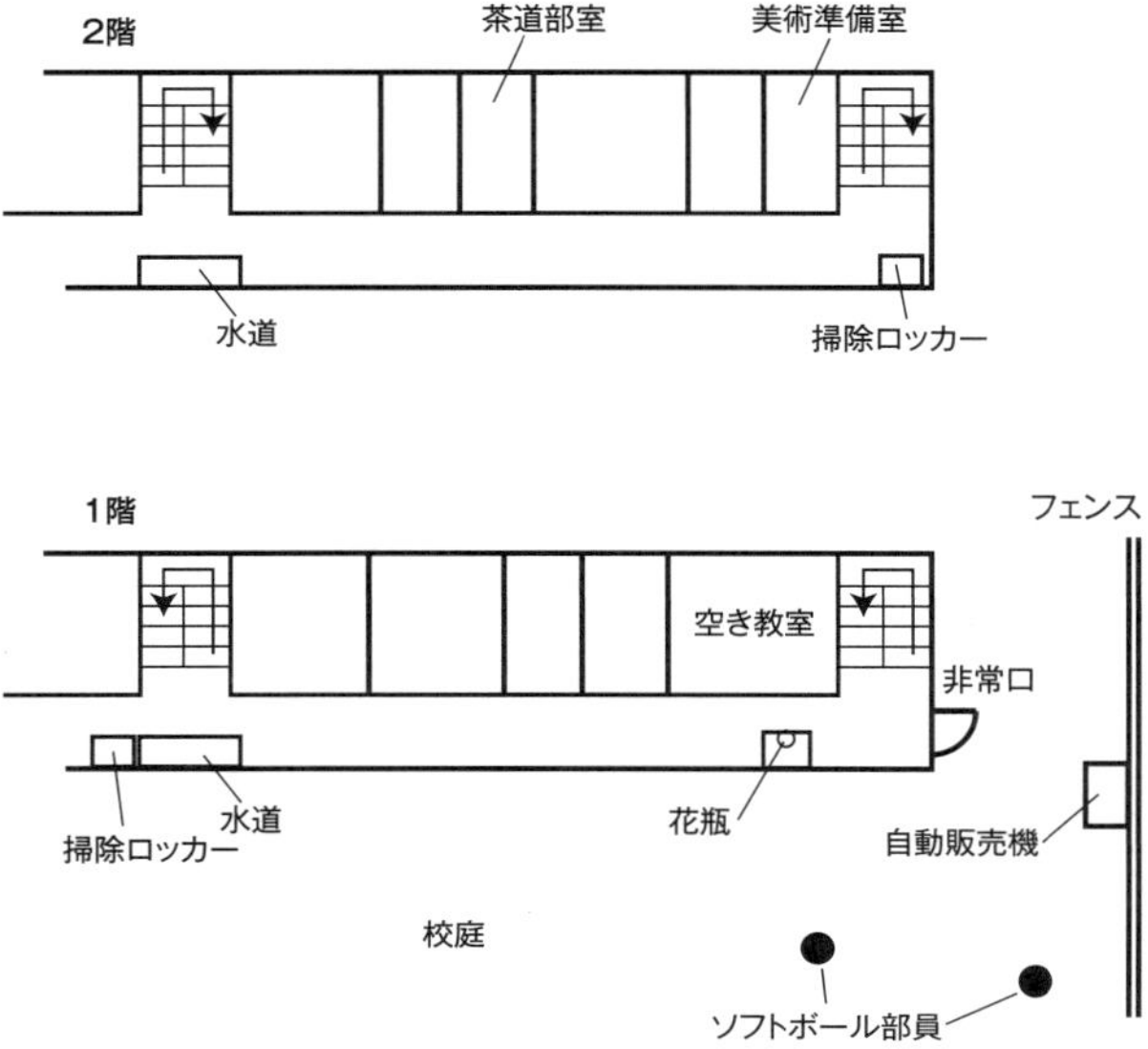

と短い返事。西校舎は大部分が四階建てだが、端に突き出ているここは二階までしかない。三階部分はというと人工芝のテラスになっており、昼どきだけ生徒に開放されている。

「階数が何か?」

「いえ別に。麻衣、行くわよ」

鏡華は後輩に再度呼びかけ、廊下の端へ歩きだした。片付け途中だった私は面食らった。

「ちょ、ちょっと待ってください。どこ行く気ですか」

「外。確認したいことがあるの」

「確認……?」

首を伸ばして窓の向こうを見ると納得することができた。教室に入るときも見かけたソフトボール部の部員が、まだキャッチボールをしている。あの二人が何か目撃したかどうかを確認するのだろう。

私は立ち上がる前に、一つずつきっちり指さし点検した。綺麗になった床。壁際にまとめられたバケツと破片を包んだ新聞紙。二本のヤマユリは、新しい花瓶を用意すればすぐ見映えを取り戻すはず。うん、これでとりあえず問題ない。

眼鏡を押し上げ、非常口から出ていく二人を追った。上履きが汚れてしまうのがまた気にかかったが、外は土ではなく整備されたコンクリートだし、この際妥協しよう。

「待ってください、私も……あれ?」

外へ出ると、鏡華はさっそくソフトボール部員に話しかけ——てはおらず、すぐそばのフェンス沿いに置かれた自動販売機の前に立っていた。

学校のあちこちに設置してあるものの一つで、ミネラルウォーターや各種ジュース、お茶などが並んだごく普通の自販機である。鏡華は涼しい顔で、財布片手に「何が飲みたい？」などと頬を染めた麻衣に話しかけていた。

「な、何やってるんだか……」

どうやら外に出た理由は、喉の渇きを癒すためだったらしい。幸せそうに飲み物を選ぶ二人は放っておくことにし、私はソフトボール部員たちのほうへ近づいていった。

「すみません」と声をかけると、二人は練習を中断した。どちらも汗くささをあまり感じさせない、瑞々《みずみず》しい印象の女子だった。見たところ一年生か二年生だろう。

私に近いほうの一人は気の強そうな目元をしており、上向きにかぶった帽子からツンツンした癖毛がはみ出ている。ボールをグローブに収めてこちらへ歩いてくる相方は帽子なしのショートポニテで、鼻先には愛嬌のあるそばかすが薄く浮かんでいた。

「あれ、確か生徒会の……」

「仙堂です。ちょっとお聞きしたいんですが、あなたたち、ずっとここで練習をしていましたよね？」

「はい。三十分くらい」

癖毛の少女が答える。

「そこの廊下で花瓶が割られていたんですが、あなたたち何か気づきませんでしたか？　花瓶が割れる音を聞いたとか、でなければ逃げていく人影を見たとか」

「えー、そんなこと言われても……」

知らないよねえ、と二人は互いを見合った。

「では、花瓶がいつまで台の上にあったかは覚えてませんか？　窓の外からでも花瓶は見えたはずですが」

「いや、それもちょっと……校舎の中なんて気にしてなかったし」

「そもそも、花瓶があったっていうのも初めて知ったので……」

練習に集中していたのだから当然といえば当然の答えだが、歯切れの悪さが少し怪しくも思えた。彼女たちが投げたボールが窓から飛び込み、花瓶を割ったのでは？　いや、それなら音が響いているはずだし、やはり違うだろうか。

「……なんですか、あたしたちを疑ってるんですか？」

そばかす少女が持つボールを見つめながら考えていると、それをかばうように癖毛の相棒が前に出た。

「あたしたち花瓶を割ってなんかいませんよ！　暴投なんて一度もなかったんだから！」

「あ、いえ、別に疑ってるわけでは」

「嘘よ、その目は疑ってる目だわ！」

普段どおりの目なんですが、とは言い返せなかった。こんなとき、自分の愛想のなさがほとほといやになる。

「ち、違います。私はただ……」

「ソフトボール部に対する侮辱です！　生徒会でもやっていいことと悪いことが……」

「はい、そこまで」

急に澄ました声がかかり、二人は私の背後を見てぴたりと固まった。癖毛少女の強気な目からとたんに力が抜ける。

「う、裏染先輩」

振り返ると鏡華がいた。手には自販機で買ったらしいミネラルウォーターのペットボトルを握っている。その背に隠れるようにして、バヤリースの缶を持った麻衣の姿もあった。

私の横に進み出ると、鏡華はユニフォーム姿の二人を見据えた。

「六夏《りっか》」

「は、はい」

「優菜《ゆうな》」

「はひっ」

名前を呼ばれただけで、彼女たちは直立不動の姿勢を取った。……というか、なぜ名前を知っているのか？

「あなたたちが花瓶を割ったのでないことはわかってるわ。だから一つ教えて。ここ二十分くらいの間に、非常口から校舎の中に入っていく人間を見た？」

先ほどとは比べ物にならぬほどの真剣さで、二人はじっと考え込む。

「たしか、一人いたと思いますけど。髪の長い男子が」

「え、あの人は違うよ。校舎から出てきて戻っていっただけじゃん」

優菜と呼ばれたそばかす少女が答え、六夏と呼ばれた癖毛少女が異を唱えた。鏡華はそのやりとりに喰いつき、

「戻っていった？　非常口から出てきて、また校舎の中に戻っていったのね？　ひょっとしてその男子、自販機で飲み物を買わなかった？」

「そ、そうです。飲み物を買ってすぐ戻っていきました」

「どうして知ってるんですか？」

優菜のほうが唖然として聞くが鏡華はそれには答えず、「そいつが買ったのって、これ？」と、持っているペットボトルを二人に見せた。

そのペットボトルの蓋部分が目に入って、私は思わずあっと叫びそうになった。ミネラルウォーターの口に付いているキャップは、半透明の水色をしていてやや平べったく、上にキャンペーンのシールが貼られている――割れた花瓶の近くに落ちていたあのキャップと同じものだ。

「……五百ミリのペットボトルを買ってたのは覚えてますけど」

「種類までは、ちょっと……」

「あの自販機に五百ミリペットはこれ一種類だけよ。どうもありがとう」

鏡華は二人の脇へ腕を回し、両手で同時に抱きかかえた。密着した二人は踏み潰されたネコみたいな声を上げ、教室から出てきたときの麻衣とまったく同じ顔色になる。

「い、い、いえそんな、お礼なんて」

「裏染先輩の頼みでしたら……」

「ああ、それと」と鏡華は、癖毛少女のほうに唇が触れそうなほど顔を寄せ、囁《ささや》くように言った。吐息がかかるたび口をパクパクさせる彼女に話を聞く余裕があったかどうかは定かでないが、癖毛少女はこくりとうなずいた。

「この雑用係のお姉さん、ロボットみたいな顔してるけど根は優しいの。あなたたちを疑ってたわけじゃないから、許してあげてね」

「……雑用ではなく、雑務係です」

右耳へ手をやりながら、私は小声で訂正を入れた。

3

「で、どうして二階に？」

数分後、私たちは西校舎水道前の階段を上っていた。麻衣には花瓶の処理を任せたので二人きりである。

「犯人が二階にいるからに決まってるでしょ。あのキャップから推理するとそうなるの。加えて私の予想では、もう一人か二人目撃者もいるはず」

「はあ、なるほど」

「……なによ、協力してやってるのに冴えない返事ね」

踊り場に足を乗せたところで鏡華はこちらを振り向いた。段差が身長差を埋め、その鼻先が私の真正面にくる。

「別に……。年下の妹キャラが学校ではお姉さまだと知ったら、愛しの袴田さんは悲しむのではないかなあと思いまして」

「え、なに？」

「女子に手を出しすぎだという話です！」

整った顔に私は不満をぶつけた。皮肉が伝わらなかった恥ずかしさで語気がますます荒くなった。

「それが恋する乙女のやることですか！　あの一年生といいソフト部の二人といい……」

「あの二人はたまたま名前を知っていただけよ。ただの知り合い」

「ただの知り合いが取るリアクションには見えませんでしたけどね」

純度百パーセントの〝疑いの眼差し〟を向けてやると、鏡華はすぐさま目を逸らす。そのまま口笛でも吹きそうな勢いだ。

「……仮にもこの学園の生徒である以上、妙な行いは慎《つつし》んでほしいものです。それともなんですか、女王の後釜にでも収まる気ですか、あなたは」

「女王って忍切《おしきり》先輩？　やだ、あんな人と一緒にしないでよ」

鏡華は頬を膨らませた。

〝女王〟もしくは鏡華いうところの〝あんな人〟とは、二学年上の忍切蝶子《ちょこ》という先輩のことだ。女子卓球部のエースだった彼女は生徒の中でも一際あくが強く、ハイスペックな運動能力・優秀な成績・大人びた美貌にリーダーシップと四拍子揃ったカリスマ性で、運動部女子を中心にアイドル並みの人気を築き上げた。高等部に進級してから中等部内での人気は落ち着きを得たものの、ファンクラブ隠し撮り写真横行疑惑、部活動中見物人将棋倒し事件、バレンタインデー授業中断騒動などなど、その数々の伝説は一種眉唾もの的要素も含めて未だ語り草となっている。

だが鏡華と一緒にするのは、確かに少しベクトルが違うかもしれない。そもそも鏡華の場合、女子生徒を振り回しているのはカリスマ性というより乱れた性だし。

「乱れたことなんてしてないってば、失礼ね」

心を読んだかのごとく反論する鏡華。「信じられませんね」と私は返す。

「少なくとも、私は実例を一つ知ってますし……」

つぶやいたとたん、ぞくり、とまた背筋を這《は》い上がるような記憶が甦《よみがえ》った。

光る音符の髪飾り。吐息とめまい。それに、そのあと彼女が見せた表情――

掻き消そうとして右耳をこすると、鏡華は私の顔を覗き込んでくる。

「まだ、あのこと気にしてるの？」

「……もう気にしてません」

「気にしてない人が取るリアクションには見えないわね」

「………」

今度は、私のほうが目を逸らした。

鏡華はため息とともに踵《きびす》を返し、踊り場を回り込んだ。先の階段に上がってから、私を見下ろして手すり越しに声を投げる。

「確かにあれは私が悪かったけど、姫毬にも非はあるのよ？」

「……わかってますよ」

ぼそりと答え、私も階段を上り始めた。

そう、わかっている。自覚はある。百も承知だ。

五ヶ月前、放課後の教室で起きたこと。私が鏡華にしたことと、鏡華が私にしたこと。

こちらにも非があったのはわかっているけれど、それは仕方なかったとも思う。

だって、私は――

「ああ、やっぱりいた」

鏡華の一言で、私の意識は九月十二日の昼下がりに引き戻された。

廊下を左に進んだ私たちは、その半ばにある〈茶道部〉と書かれた小さな部屋の前にいた。開いたドアの向こうに、一人の男子生徒の姿があった。

茶を点《た》てるのに使う畳の上に寝転がって、指でリズムを取っている。鏡華が廊下から手招きするとおもむろに起き上がり、「おやおやおや」などと声に出しつつ近づいてきた。私と鏡華のクラスメイト、中崎君《なかざき》だった。

「裏染さんが訪ねてくるなんて、珍しいこともあるもんだね……そ、それに仙堂さんも」

鏡華を見て愉快そうに言い、それから私に気づいて顔を引きつらせる。中崎君は短い髪と卵形の輪郭、キツネみたいに細い目という純日本風の顔立ちだったが、両耳から伸びるコードだけがその風貌にそぐわない。

「中崎君、音楽再生機器は持ち込み禁止ですよ」

「え？　何？」

「校則違反です！」

「あ、はい。こりゃ失敬」

片耳のイヤホンを外して叫んでやると、中崎君は慌ててコードを胸ポケットにしまった。続いて鏡華が口を開く。

「中崎君。あなたここ二十分くらいの間、どうやって過ごしてた？」

「どうって？　ここで寝転びながら音楽聴いてたよ。他の部員を待ってるんだけどもね、今日は誰も来ないみたいで俺一人」

「ドアは開けっ放しだったの？」

「ああ、換気しようと思って。畳を新しくしたもんだから、そうしないと藺草《いぐさ》の匂いがこもっていけない」

「じゃ、廊下の様子がずっと見えていたかしら」

「見えてたよ。どうして？」

「誰か廊下を通った人がいなかった？」

「いいや、誰も通らなかったね」

「確かかしら？」

「確かだよ。耳は忙しくても目は暇だったからね」

自分の細目を指さして話す中崎君。茶道家より落語家のほうが向いていそうである。

「誰も通ってないのね……予想どおりだわ」

鏡華は満足げにうなずいた。「どういうことです」と私は小声で尋ねるが、彼女はそれにはかまわず、

「ところで中崎君、この廊下の奥の部屋って、他に人がいるかどうかわかる？」

「え？　さあ、このあたりは寂《さび》れてるからねえ。部室もうち一つっきりだし、よっぽどの物好きしか寄りつかないと思うけど……あ待てよ、そういやここ何日か、端の部屋にあいつが出入りしてるな」

「あいつ？」

「美術室だとのびのび創作できないってんで、こっちの準備室のほうに来てて。たぶん今日もいるんじゃないかな」

「創作……ふうん。ひょっとしてそいつ、髪の長い男子じゃない？」

「あれ、知ってるの？」

「名前以外はすべて知ってるわ。名前だけ教えてくれる？」

瞳を輝かせ、妙な質問のし方をする鏡華。中崎君は眉を曲げつつもその名を答えた。

「四組の矢烏《やがらす》だよ。矢烏征二《せいじ》」

4

美術準備室は、窓が全開だというのに絵の具の匂いが鼻をつく、極めて狭苦しい部屋だった。

両側の壁には生徒の作品が並んだ棚。壁に立て掛けられているのは大型の画板やイーゼル。古ぼけた美術用具があちこちに砦《とりで》を築き、椅子の上ではデッサン用の胸像が私に負けず劣らずの無表情を晒《さら》している。棚の端からは職員用机がせり出しているが、デスクとしての機能は果たしていないようで、画用紙の束や表紙の取れたクロッキー帳、プリントなどの紙類が触れただけで崩れてしまいそうな山を成していた。おまけに床の所々では、どういうわけか棚から抜かれた分厚い美術百科が二、三冊ずつ積まれており、ますます足の踏み場がなくなっている。

「僕は幸せ者だな」

目当ての人物はそんな散らかった部屋の奥、窓際に空いた唯一のスペースで、カンバスの前に陣取っていた。

「男子中学生冥利に尽きるというものだ。何せ学年で一番人気の裏染さんと、こうしてお話しする機会に恵まれたんだから……ま、なぜか生徒会の人もいるようだが」

いちいち芝居がかった台詞《せりふ》を吐きつつ、ドアの前に立つ私たちのほうを向く。

「突然押しかけてしまって、迷惑じゃなかったかしら」

「いやいや、こちらこそ悪いね。こんな汚い部屋で」

「あら、掃除は行き届いているように見えるけど」

鏡華の双眸《そうぼう》は、職員用机の足元の床に注がれていた。周りの床はうっすら埃が積もっているのに、そこだけは綺麗なままだ。

相手の目がわずかに鋭くなる。

「この、あちこちに積まれている本は何？」

「ああ……押し花を作っていてね。コラージュみたいにしてここに貼るつもりなんだ」

こちらへ向けられたカンバスには、クレヨンやスプレーといった画材で大胆に描かれた抽象的な曲線がのたくっていた。色の派手なムンクの叫びといえばわかりやすいか。

「面白そうなアイデアね。さすが矢鳥君」

「はは、そう言ってくれるのは君だけだよ。未完成だけど、見たければ好きなだけどうぞ」

「いえ、絵を見に来たのではないの。ちょっと聞きたいことがあって」

「聞きたいこと？」

「花瓶を割ったのはあなたね」

鏡華がいきなり核心に触れても、相手は動揺を見せなかった。

「なんの話かな？」

お手本のようなしらばっくれ方で、矢鳥征二は軽く笑った。


「面倒くさい相手ですね」

「その矢鳥って奴が？」

掃除ロッカーの扉を閉めながら私はうなずいた。準備室に入る直前の会話である。

「美術部の異端児です。テーマもないくせに奇天烈《きてれつ》な作品ばかり作っていると、部長が嘆《なげ》いているのを聞いたことがあります」

格式を重んじる緋天学園では、軟派な部活動は認められていない。合唱部はあっても軽音楽部はないし、文芸部はあっても推理小説研究会はない。美術部においても活動の基本は油絵・彫刻等に限られており、漫画を描く者や前衛芸術を目指す者は敬遠されがちだ。

「美術部ではぐれ者が出るなんて毎年のことじゃない」

「まあそうなんですが、性格にもかなり問題があるようで。気に喰わない同級生を陥れて停学に追い込んだとか、他校の生徒と夜遊びしているとか、いろいろ噂がありますね。生徒会とも何度か衝突していますけど、そのたびネチネチとやり返してきて……ついたあだ名が〝いやがらせの矢鳥〟」

「無駄に語呂がいい上絶対自分につけてほしくないようなあだ名ね。すごい小物に思えるんだけど」

「小物でも頭はキレます。気をつけた方がいいですよ」

「いらぬ心配だわ」と、鏡華は平べったい胸を張ってみせた。

「私より頭のキレる人間なんて、この学園に存在しないもの」

……ああ、面倒くささではどっちもどっちだ。


「じゃあその、廊下にあった花瓶を割ったのが僕だっての？」

冗談じゃないよ、と矢鳥は校則ギリギリの長さに伸ばした髪をいじる。とがった顎と、小馬鹿にするように片端を曲げた唇。一応美形に属していても、じっとりと敵を観察する目は光を湛えた鏡華のそれとは対照的だった。

「否定するならけっこうよ。でもその前に、解説だけ聞いてくれない？」

「……手短に頼むよ。このあと人と会う約束があるんだ」

矢鳥はカンバスに向き直ると、足元に並べられているラッカーの一つを手に取ってカラカラと振った。ＢＧＭ代わりに聞いてやる、ということか。

「ありがとう矢鳥君。親切ね」

にこりと笑ってから、鏡華はドア側の隅で美術用具に半ば埋もれているゴミ箱を見やり、

「親切ついでに、姫毬にあそこを調べさせてもかまわないかしら」

「ゴミ箱を？　どうして」

「どうしてだっていいじゃない。それとも、何か見つかると困るものでも？」

「……わかった。好きにしなよ」

挑発的に言われ、ここでも矢鳥は折れた。私は鏡華にうなずきかけ、ゴミ箱のほうへ移動する。

鏡華は「さて」と言って推理の披露を始めた。

「私たちは花瓶のすぐそばにいたはずなのに、割れる音を聞かなかった。ということは、花瓶が割れた場所は廊下じゃない。誰かが別の場所に花瓶を移動させて、そこで誤って割ってしまい、破片や花を廊下に戻すことで台の前で割れたよう見せかけたのよ」

私はゴミ箱を引っ張り出すため、まずは目の前の美術用具を一通り片してゆく。剝き出しの彫刻刀が置いてあって危なかったし、青い塗料で汚れた金属製のパレットを触ったら色が指に移ってしまった。ああいやだ、気になる、すべて綺麗に整頓したい……って、今はそんな場合じゃない。

「花瓶を移動させるには、当然廊下の台に近づかないといけないわね。そのためのルートは三つ。一階の廊下と、階段と、端の非常口。でも、私は一階の廊下を行き来する人間は見ていない。なら廊下を通ったんじゃない。外にいたソフト部の二人も、外から非常口に入っていく人間は見ていなかった。とすれば残るルートは一つ、犯人は階段を行き来したということになるわ。そして、校舎のこの部分は二階までしかない」

「だから二階にいた僕がやったって？　馬鹿言うなよ、他の奴でも階段を使うことはできただろ」

「茶道部の部室には中崎君がいたわ。彼も私と同じく、二階の廊下を行き来する人間は見ていないの。中崎君と私とソフト部員、三つの視線の間で自由に動くことができたのは、矢鳥君、美術準備室にいたあなただけなのよ」

「杜撰《ずさん》な推理だな、裏染さん」

矢鳥は斬りつけるように、赤いスプレーをカンバスに吹きかける。

「茶道部室と美術準備室の間にもいくつか部屋はある。そこにいた誰かの犯行では？」

「このあたりに普段から人がいないことは、あなたもよくわかってるはずだけど」

「……ソフト部はともかく、中崎は一人だったんだろ。彼が犯人で嘘をついているのかも」

「なるほど、そうね。でも中崎君は、ミネラルウォーターを使う必要がないの」

「ミネラルウォーター？」

「誰かが割れた花瓶の破片を戻しておいた、とさっき言ったわよね。でも、廊下にはきちんと水もこぼれていたわ。花瓶の中には水が入っていたのだから当たり前だけど、花瓶が別の場所で割れたと考えるとこれはおかしいわね。だってそうでしょ、破片や花を拾ってもとの場所に戻すことはできても、こぼれた水を戻すことはできないんだから。覆水花瓶に返らずってやつよ」

「盆です鏡華、正しくは盆」

「わかってるわよ、わざとよ」

「っていうかあんた、調べ終わったらちゃんと戻してくれよ」

先ほどからゴミ箱と格闘している私に、矢鳥がいぶかしげな目を向けた。もともと散らかってる部屋のくせして何を言うのやら。

「なんだったかしら……ああそう水ね。それで、水はどうしたのかしらと私が考えたとき、廊下の隅にミネラルウォーターのキャップが落ちているのを見つけたの。水は冷たかったし、キャップの表面もまだひんやりしてた。それでわかったわ。犯人は近くの自販機でよく冷えたミネラルウォーターを買って、それをこぼれた水の代わりに使ったんだって」

傍らで聞きながら、私は破片を片付けたときのことを思い出した。そうだ、確かに水を吸った雑巾は冷たくなっていた。日なたにあった花瓶の水なら、温度はぬるいはずなのに。

「花瓶に入っていた水はちょうどペットボトル一本分くらいだったはずよ。犯人は破片を廊下に戻してミネラルウォーターの中身を丸々ぶちまけたあと、キャップだけ置き忘れて逃げてしまったのでしょう。よほど慌てていたのね」

「花瓶の水の代わりにミネラルウォーターをねえ……僕なら、そんなもったいないことはしないけど」

「そうね、普通はそんなことするはずないわ。だって水道に行けば、水はいくらでも手に入るものね。でも矢鳥君、これこそがあなたがやったっていう証拠なの」

「……なぜ?」

「仮に中崎君が犯人だとしましょう。でもだとしたら、彼は水道から水を汲むことが可能よね。だって茶道部室と水道は距離が近いし、水を運ぶ姿だって誰にも見られるはずないんだから。

けれど犯人は水道を使わなかった。それは水を汲みに行く途中で、どうしても誰かに見られる危険があったからよ。二階の水道へ行こうとすると中崎君に、階段を下りて一階の水道へ行こうとすると私に見られてしまうから。実際見たところでどうなるかはわからないけど、水を汲んで行き来すれば怪しまれるとそいつは考えたんでしょうね。だから犯人は水道を使えず、仕方なく外の自販機でミネラルウォーターを買った。

わかるかしら矢鳥君。私たちの目に留まらず花瓶を移動させることができて、かつ水の偽装にミネラルウォーターを使う必要のあった人間は、論理的にあなたしかいないの」

鏡華は言いきった。

「あなたは姫毬が空き教室に入ったあと、花瓶をこの部屋へ持ってきた。おおかた、押し花作りの重しにしようとでも思ったんじゃない？　水が入っていれば花瓶だってけっこうな重さになるものね。だけど、そのとき誤ってそれを割ってしまった。あなたは破片を拾ったあと、近くの掃除ロッカーからモップを取ってきて水を拭き取った。そのあと外の自販機でミネラルウォーターを買い、破片と花を一階の廊下に移して、さもその場で割れたかのような偽装を行った。破片はたぶん、模造紙か何かにくるんで運んだんでしょう。この部屋にはそういうのたくさんありそうだし」

「おそらくこれですね」

私はゴミ箱からくしゃくしゃの模造紙を発掘し、二人に見せるようにして広げた。まだなんの書き込みもなく、破れてもいない。

「真っ白な新品同様の模造紙を捨てるなんて、普通はしません」

「……皺《しわ》が寄ってたから捨てたんだよ」

矢鳥は苦しい言い訳をしてから、

「だけど、証拠は何かあるのかい？　ガラスの破片から指紋でも検出した？」

「科学捜査に頼るまでもないわ。まずはここの床」

鏡華は先ほど凝視していた机の足元を指さす。

「他の場所は埃が積もってるのに、あの一点だけ綺麗よね。あそこで花瓶を割って、掃除するとき一緒に埃も拭いてしまったからじゃない？」

「推測だ。証拠にはならないね」

「じゃ、次はこれ」

ドアを開けて手に取られたのは、あらかじめすぐ外の壁に立てかけておいたモップだ。

「階段前の掃除ロッカーで見つけたの。箒《ほうき》や雑巾に不審な点はなかったけど、モップは見てのとおりぐしょぐしょに湿ってる。ほんの少し前、誰かがこれを使って水を拭いたってことよ」

「この紙やティッシュも証拠になりますね」

負けじと私は、ゴミ箱から丸められた紙をいくつも取り出す。

「どれも湿っています。それに、これも」

もう一つの発掘品は鏡華に投げ与えた。空になったミネラルウォーターのペットボトルである。ごく普通の空きボトルだが、口にはキャップがついていなかった。

「ああ、やっぱりあったわね。ちなみにあなたが自販機でこれを買うところ、ソフト部の二人が目撃しているのだけど……どうかしら矢烏君。これでも証拠にならない？」

鏡華は指さす代わりに、ペットボトルの口を矢烏へ向けた。もう逃げ場はない。

しばしの沈黙ののち、彼はスプレー缶を置いて両手を上げた。

「わかった、認める。確かに僕は自販機でそれを買ったし、さっきこの部屋で水を拭いた」

「なら……」

「けど、花瓶は割っていない。単にミネラルウォーターを飲もうとしてこぼしてしまっただけだよ。それでモップや紙を使って拭いたんだ」

思わぬ反論だった。が、勢いを殺すには至らない。私たちは立て続けに攻める。

「それなら、空きボトルにキャップがついてないのはなぜですか。ゴミ箱からは見つかりませんでしたよ」

「ゴミ箱が一つしかない部屋で、キャップとボトルを別々に捨てるなんてことありえないわよね。どこかにあると言うなら出してみてちょうだい」

「……そうだね。えーっと、どこにやったかな」

矢烏は、警戒心剝き出しの顔で足元のバッグを持ち上げ、ゆっくりと中を探るようなしぐさをした。私の目からも無駄なあがきであることがわかった。

鏡華はボトルを脇に置き、空いた手をスカートのポケットに伸ばす。

「あるはずないわね。だってあなたが置き忘れたキャップは、私が廊下で……」

「あったあった、これだ」

だが、ポケットから手が抜かれるより先に、矢鳥が歓喜の声を上げた。私は持ち上げていたゴミ箱を取り落とし、鏡華も握っていたモップをパタリと床に倒した。

「……え？」

彼がバッグから取り出したのは、点数シール付きで平たくて半透明で水色のキャップ――まぎれもない、ミネラルウォーターのボトルキャップだった。

「確かに、飲んでる途中でキャップをなくしてしまってね。どこに行ったのか気になってたけどバッグの中に入っていたよ。ということではい、これがキャップ。何か問題でも？」

矢鳥の腕が弧を描く。放られたキャップは床で二、三度弾《はず》み、コロコロと転がってから鏡華の足元で止まった。

私はわけがわからなかった。

「そ……そんなはずありません。だとしたら、廊下に落ちてたキャップは」

「さあ？　別の誰かが落としたんだろ。僕とは関係ないね。とにかくこれでわかったろ、僕はここで水を飲んでいただけ。花瓶になんて触ってもいない」

まさか本当に？　慌てて鏡華のほうを向く。彼女は床のキャップを見つめたまま呆然としていた。小声でぼそりとつぶやくのが聞こえた。

「点数……」

一瞬で、私にもからくりがわかった。

もしあのミネラルウォーターが、矢鳥が普段から愛飲しているものだったとしたら。そして彼が〝限定Tシャツ〟とやらのキャンペーンに応募するため、キャップについている点数のシールを集めていたとしたら。

普通ならその手のシールは、冷蔵庫に貼ったりハガキに貼ったりして収集するものだろう。だが場所が学校ではそうもいかない。部活の前にもミネラルウォーターを飲んだ矢鳥は、シールをキャップごと家に持ち帰るため、キャップだけ捨てずにバッグの中へしまっていた。そして今、紛失したキャップの代わりとして、堂々とそれを出してみせた……。

「で、でもやっぱり犯人はあなたよ。三つの視線の中で動けたのは矢鳥君だけだもの」

鏡華は推理を反復するが、矢鳥は嘲《あざけ》るように肩をすくめ、

「だから、だとしても証拠がないだろ。証拠が。そもそもその前提からして怪しいもんだ。中崎やソフト部が嘘をついてる可能性もあるし、二階の他の部屋に人がいた可能性も否定しきれてない。僕を犯人だと決めつけるには根拠薄弱だな」

「…………」

鏡華はおし黙ってしまった。私も何も言えなかった。

矢鳥の言うことには、一応筋が通っている。証言を合わせただけでは推測に依《よ》るところが多すぎ、彼が犯人だとは決めつけられない。それを補完する一番の証拠がミネラルウォーターのキャップだったはずなのに、たった今その狙いは泡と消えてしまった。

形勢は逆転していた。

私たちの負けだ。

はははは、と、不快な高笑いが部屋に響く。

「あきれるね、裏染さんともあろう人がこんな穴だらけの推理をするとは。だいたい、僕が花瓶を持ってきた理由も無理やりすぎなんだよ。押し花の重し？　重しは本で間に合ってるってるの。ナンセンス極まりない」

矢島は窓際を離れ、一歩ずつこちらに近づいてくる。

「さて、冤罪となるとこれは大問題だな。どう償ってもらうべきか……ああそうだ、裏染さんには、絵のモデルでも頼んだら面白いかも」

狡猾《こうかつ》な視線がひるむ鏡華の細い全身を捉え、頭からつま先へと撫でた。

「ちょ、ちょっと！　認めませんよそんなこと！」

「うるさいぞ仙堂さん。君はさっさとゴミを片して出ていってくれ。あんたのかわいげのない顔見てると部屋の空気が不味くなるんだ」

「なっ……」

「なんだよ文句あるのか？　怒る権利があるのは僕のほうだぜ」

私は口ごもった。確かに濡れ衣《ぎぬ》を着せたという立場にある以上、下手な行動を取ればますます状況を悪くするだけだ。言い返したかったし何か投げつけてやりたかったが、怒りを必死で抑えながら相手を睨むことしかできなかった。焦りと羞恥で頬が熱くなった。

〝いやがらせの矢鳥〟はそんな私を見て、サディスティックに唇の端をますます曲げてみせる。美形の顔いっぱいに、人を陥れたときの残虐な笑みが広がる。

「はは、こうなると生徒会も情けないな。普段偉ぶってる報いだよ。さ、邪魔だから早く出ていっ……」

とそのとき、

「待ちなさい」

鏡華の声がした。


矢鳥が「あ？」と言い、私は「え？」と言ってドアの前を見た。そして、固まった。

鏡華はその場に立ったまま、口元をきゅっと結んでうつむいていた。前髪で顔が隠れており、手に力を込めているのか、握られた拳が小さく震えている。

襟のスカーフの緋色が背後まで広がって、炎のように揺れ動くような——そんなふうに思わせる奇妙な威圧感が、小柄なはずの体から発せられていた。

「きょ……鏡華？」

「……私は大抵のことなら聞き流せるけど、世の中にどうしても許せない存在が三つだけあるの」

独白めいた低い声とともに、鏡華の右手がゆっくり上げられて、

「一つ——いやらしいことばかり考えている下衆《げす》な男」

指が一本立てられた。矢鳥の頬がぴくりと動く。

「二つ——美しさのなんたるかを知らない無粋な男」

さらにもう一本。間合を詰めるように足が一歩踏み出され、

「三つ——友人を侮辱する最低最悪の男」

三本目が立てられると同時に、顔が上げられた。

鏡華の瞳は、いつものようにきらきらと輝いてはいなかった。二重まぶたとのギャップが魅力的な、少女らしい瞳ではなかった。もっと冷たくて、深くて、怖い。

吸い込まれるような、黒い瞳だった。

「あなたはすべてに当てはまったわ……覚悟しなさい、矢鳥征二」

くっつけ合った三本指を、武芸者が扇子を突きつけるかのように矢鳥のほうへ向ける。その口元からにやにや笑いが消え去り、彼は机の前まで後ずさった。

たじろぐ相手をしかと睨みつけ、鏡華は言った。

「今から、あなたが花瓶を割ったことを証明してみせます」

5

「無理だよ」

すぐに余裕を取り戻して、矢烏は鼻で笑った。

「何を言いだすかと思えば……証明なんてできるわけない。君たちには根拠がないし、第一僕はやってない。それでも犯人だと決めつけるならその証拠を……」

「姫毬、その指」と鏡華は彼には取り合わず、青くなった私の指先へ目を向ける。

「汚れてるけどどうしたの？」

「え、ああ……さっき塗料がついてしまったんです。これを触ったとき」

私は青色がべったりついたパレットを持ち上げた。

「金属製のパレットなんて、珍しいわね」

「美大なんかには普通に置いてあるよ。あれが何か？」

矢烏が不機嫌に聞くが、鏡華はやはり取り合わず、赤いスカーフの先をなぞりながら何か考えているようだった。

しばらくののち、私に向かって口を開く。

「さっきの推理は、確かに杜撰だったかもしれないわ。一つだけ考慮していなかった矛盾があるもの」

「矛盾？」

「私たちが廊下で割れた花瓶を見たとき、ガラスの破片には、手じゃ拾いきれない細かいものも交じっていたわ。犯人は、その細かい破片をどうやって移動させたのかしら」

「どうやってって……ですから、模造紙にまとめて」

「その前のことを言ってるの。犯人は花瓶を割ってしまった。廊下で花瓶が割れたように見せかけるため、破片を移動させなきゃならない。大きな破片なら手で拾えば充分だけど、細かいものだとそうもいかないわ。箒で掃く必要がある」

「階段の掃除ロッカーには箒もありました。それを使って掃いたんでしょう」

「でも、水はどう処理したの？」

――あ。

そうだ。箒で掃けるわけがない。

窓ガラスが割れたのとはわけが違う。割れたのは水の入った花瓶だ。粉々になった細かいガラス片は、まさに私たちが見たあの光景のように、こぼれた水の中にすっかり浸っていたはずなのだ。だから、細かい破片だけを箒で掃くなんてことはできない。無理にやったとしたら箒の先が濡れるはずだが、掃除ロッカーの箒に不審な点はなかった。

「なら、先に水を拭き取って……いや……」

「そう、それはもっと不可能よ。水を拭いたら、細かい破片も一緒に拭き取られるはずだもの。私たちが片付けたときみたいに」

私たちは雑巾を使って水を拭いた。必然的に、拾いきれない細かい破片がくっついてきた。

犯人のほうは、水を拭くのにモップと紙を使ったはずだ――が、

「モップや紙に細かい破片をまったくつけずに水だけ拭き取る方法なんて、私には思いつかないわ。くっついてきた破片を一つずつ取り除くにしても、ものすごく時間と手間がかかるはず

よね。十分やそこらじゃとても無理。だけど犯人は現実にそれを行い、短時間で破片を廊下へ移動させている。まるで、最初からそこに水がなかったみたいに……」

　鏡華は、真っ黒な瞳で矢烏を捉える。

「この矛盾を矛盾でなくする解答は一つだけよ。割れる瞬間、花瓶にはすでに水が入っていなかった。そう考えるしかないわ。でも、どうして水がなかったのかしら？　犯人は水をどこにやってしまったの？」

「お、おいおい裏染さん、おかしな推測は……」

「モップが濡れていたことをふまえると、水がどこかに撒かれたのは間違いないわ。割れるよりも前、犯人はどこかに花瓶の水を撒いた。とすると、花瓶が持ち去られたそもそもの理由も変わってくるわね。犯人の目的は花瓶そのものではなく、花瓶の中の水だった。彼はどうしても水を必要としていた」

　押し花の重しのため、などではない。花瓶の中の水を何かに使うため。

「水なら水道にも自販機にもあるのに、なぜ花瓶の水を使ったのかしら？　言うまでもないわね、一番近くにあったから。廊下の向こうでも外でもなく、階段を下りてすぐという手頃な場所にあったから。犯人はとにかく急いでいて、水ならどんな形のものでもかまわなかった。それほど急いで水を撒く必要のある、緊急事態にあった……」

　鏡華の言葉が潤滑油になって、頭の中でいくつもの歯車が組み合わさってゆく。

　花瓶の水。緊急事態。丸められて湿った紙クズ。塗り潰された金属製のパレット。指先についた塗料。全開の窓。水道への行き来を目撃されるのを過度に恐れた理由。怪しい噂の絶えない矢島。「このあと人と会う約束があるんだ」。そして、鏡華が読み上げた生徒会のファイル……。

——アホなことを考える奴がいたものね。

私はゴミ箱から出した紙クズに飛びつくと、矢島が「やめろ！」と叫ぶのもかまわず片っ端から広げていった。三つ目の紙を広げたとき、目当てのものを見つけた。

隅に残る黒く焦げたような跡と、一緒に丸め込まれていたカラフルな巻紙の残骸。

続けて私は、弾《はじ》かれたように窓際のカンバスへ走る。

「おい、やめろ！　やめろって！」

矢島がワンテンポ遅れて動きだすが、私が彼のバッグをつかむほうが早かった。あるとしたらここに違いない。矢島はここからキャップを取り出すときだけ、露骨に警戒心を見せていた。

果たして予想は当たった。

「矢島君……これはどういうことですか」

私はバッグから取り出したそれを——袋詰めされた大量の花火と家庭用のマッチを彼に突きつけた。

矢島は今度こそ完全に余裕をなくして、返事をつっかえさせた。

「い、いや……それは、その、拾ったというか……」

「そういえばここ数日、学内で花火を売りさばいてるアホな生徒がいるそうね。矢鳥君、あなたもその人と取引したのかしら？　姫毬どう思う？」

「買ったにしてもこの量は多すぎます。おそらく売る側かと」

「なるほど。矢鳥君、あなたがそのアホだったわけ」

鏡華はしたり顔で腰に手を当て、私も同意するようにうなずいた。

ようやく、話が見えてきた。

「あなたは今日、部活終わりに何人かに会って花火を売ろうとしていた。でも、あちこちから集めた売れ残りの花火が、本当に綺麗につくのかどうか不安になった。そういう苦情が寄せられたのか自分で気にしたのかはわからないけど、正規のルートで売っているわけじゃない以上、一度悪い評判が立ったらもう売れなくなってしまうものね」

「だから放課後、美術準備室で一人になったとき、一本だけ火をつけて実験しようとしたんですね。ちょうど部屋には金属製のパレットがありました。その上で点火すれば、火花が飛んでも大事にはならないと考えたのでしょう」

「マッチは家から？　ひょっとして、化学部室の鍵を壊して拝借してきたのかしら？　何にせよ、あなたはそれを使って手持ち花火の一本に火をつけた」

ドアと窓際からの追及に挟まれて、矢鳥は焦燥した顔をせわしなく動かす。

「ところがそこでハプニング発生よ。火花の勢いは思ったよりもずっと激しくて、周りに置いてあった紙類に飛び火してしまった。まあモノが手持ち花火だから少し煙が出た程度でしょうけど、それでもあなたはめちゃくちゃに慌てた」

「小火《ぼや》を出したら校則違反どころの騒ぎではないですからね」

「必要としたのは火を消すための水。一番近くにある水をとっさに思いついたのか、混乱してたまたま一階へ向かってしまったのかはわからないけど、とにかくあなたは廊下の花瓶に目をつけて二階へ持っていった」

きっとあのときだろう。空き教室で鏡華と話し始めた直後、パタパタと聞こえた階段を駆け下りるような音。足音の主はやはり矢鳥だったのだ。

「水をかけたらすぐに火は消えたんでしょうね。ほっと一息ついて、あなたは水のなくなった花瓶を――たぶん、その机の上に置いた」

「うっ……」

鏡華から隠そうとするかのように、矢鳥は職員机を背中でかばった。ところがそれが逆効果だったらしく、彼の手が少し触れたとたん、山を成していた紙束はドサドサと雪崩《なだれ》を起こして床に落ちる。

「あら、再現してくれるとは本当に親切ね。バランスの悪い紙の上に置かれたせいで、今みたいにして花瓶が床に叩きつけられたんでしょう。ますます慌てたあなたは掃除ロッカーに行き、モップと箒を取ってきた」

「まずモップや紙を使って水を拭きます。焦げた紙と花火の残骸は、外から見えぬよう一緒に丸めてゴミ箱へ。パレットの煤《すす》は、スプレーで塗り潰しておけば目立たないと考えたようですね」

私は話しながらゴミ箱のほうへ戻り、濡れた紙をパレットに押し当ててみた。乾ききっていない塗料が剝げて、下から火花によってついた煤が顔を出した。よく考えれば当たり前の話だ、色が指に移るということは、塗料が乾ききっていないということ。とすれば塗り潰した張本人は、今日この部屋にいた矢島に決まっている。

「窓が開いていたのは焦げくささを消すためね。それから花瓶のほうに移り、模造紙をちりと り代わりにして破片を集める。さらに外の自販機で水を買い、模造紙と一緒に下の廊下へ持っていって偽装を行った。辻褄《つじつま》はすべて合うわね」

「これでもやってないと言うなら、煤と焦げ跡の説明をお願いします」

「…………」

矢島は答えず、机にもたれたまま顔をひくつかせていた。芸術家気質を感じさせた長い髪の毛が、今は獄中の囚人のように見えた。

「姫毬、これってどのくらいの校則違反になるのかしら」

「そうですね……まず、学内に花火を持ち込んだこと。それを不正に売りさばいたこと。火事を起こしかけたことに、準備室の備品を焦がしたこととスプレーを吹きかけて汚したこと。加えて花瓶を割ったことと、それらすべてを隠蔽《いんぺい》しようとしたこと……罪状が多すぎてちょっと想像できませんね。下手すると進級にも関わるかも」

「待て、ちょっと待て！」と矢島。

「確かに花火を持ち込んだのは僕だ。でも小火なんか起こしてない！　花瓶も割ってない！

焦げ跡は他の奴が他の火で作ったんだろう、僕は知らない！」

「今さら何を……」

「だって証拠がない！　君たちの話は全部推測だ、僕が花瓶の水を撒いたって前提に立った仮説にすぎない。それが証明できなきゃ小火の話は無意味だろ！　どうなんだ裏染、証拠を見せてみろよ！　僕が花瓶を割ったっていう証拠を！」

「ガラスの色」

「……え？」

激しく唾を飛ばしていた矢島を、鏡華の静かな一言が制した。

「今思い出したの。私たちが廊下で見た破片には、もう一つおかしな点があったわ。ガラスの色」

「が、ガラス……？」

「あの花瓶は赤いガラスと緑のガラスが組み合わさってできていたけど、一ヶ所だけアクセントで、別の色も使われていた。ねえ姫毬、そうじゃなかった？」

「はい、そうです。小さな水色のガラスが」

「でも廊下で見たとき、そこには赤と緑のガラスしかなかったの」

「あっ……」

重なり合った破片。宝石のように輝くガラス。台の前いっぱいに広がった赤と緑。

「じゃあ水色のガラスはどこに行ったのかしら。細かな破片までまるまる移動させたくらいだもの、あなたは床を見回して、破片の集め残しがないかどうかよく調べたはずよ。それでも見過ごしてしまう盲点なんてあるかしら？　あるとしたら、ただ一つ……」

鏡華は人形めいた細い指で、相手の履いている上履きを指し示す。

矢鳥の口から、ひっと喉が詰まったような声が漏れた。

「あなたは破片を掃除するとき、自分でも気づかぬうちに、上履きの裏で水色のガラスを踏み潰してしまったんじゃない？　だから床を確認するときも見過ごしてしまった。だから私たちが見た破片の中には水色がなかった。もし今、あなたの靴の裏を確認して、そこに細かく砕けた水色のガラスが挟まっていたら……」

「あああああ！」

皆まで言う前に矢鳥は絶叫した。押し花の重しになっていた本が足蹴《あしげ》にされてあっけなく宙に舞う。彼は床に倒れていたモップをつかむと、ドアの前の私たちに向けて天井にぶつけそうなほど振りかぶった。

私は身構えたが、鏡華は困ったように首を振るだけだった。

「堂に入った悪役ぶりね。学校やめて時代劇にでも出たら？」

「うるせえ！」

「逃げたって無駄でしょ。どうせ私たちが報告するんだから……」

「だけど、あんたらだって怪我はしたくないだろ？」

矢烏はにじり寄る。掲げられたモップの先端が、脅すように揺らされる。

「……ねえ矢烏君、やめときなさいよ。残念ながら、私は母親からは美貌以外受け継いでいならしくてね。戦闘能力は皆無に等しいの」

「だったらなおさらだ。怪我したくなかったらこの一件は黙っててくれ。いいな？」

「断るわ」

「なんでだよおおおお！」

ツッコミなのかなんなのか、勢いづいた矢烏は猛然と鏡華へ飛びかかった。血走った目は本気だった。構えたモップが容赦なく振り下ろされ、小柄な少女へと一直線に迫る——

次の瞬間、彼の長い髪は埃まみれの床と接していた。

「あ……え？」

「危ないでしょうが、どうして逃げないんですか」

「別に逃げる必要もないし」

矢烏はモップをはたき落とされ、足払いをかけられ、腕を後ろに回された上で床に押さえ込まれていた。背中に乗っているのは他ならぬ私である。

「だからやめておけって言ったのに」

おかしそうに言いながら、鏡華は矢烏の前にしゃがみ込んだ。スカートの中が見えてしまうのではと思ったが、弱々しく呻《うめ》く矢烏はもはや〝男子中学生冥利に尽きる〟どころじゃなさそうだ。

「矢島君、舐めすぎ。この雑用係さんのお父上は堅くて親バカの刑事さんだそうでね。娘に拳法とか習わせてるんだから」

「父は別に親バカではないです。習ったのはただの護身術です。あと雑用ではなく雑務係」

三連続で訂正を入れてから、

「とにかく、花瓶に花火に小火……諸々に加えて、女子に暴力を振るおうとした罪。職員室に丸ごと報告しておきますから」

眼鏡を押し上げ、私は倒れた彼の足元を見やった。

汚れた上履きの裏に挟まって、輝く水色の破片が絶妙なアクセントを演出していた。

6

五ヶ月前。四月。ちょうど今日と同じような、陽射しの柔らかな放課後のこと。

忘れ物を取りに教室へ戻ると、中には彼女一人だけが残っていた。中等部三年目で初めて同じクラスになった女子。机の上にノートを開いて、書いては消し、消してはまた書きを繰り返している。よほど集中しているのか、こちらには気づいていないらしい。

私は惹かれるままに歩み寄った。斜め後ろからは、透けるようなうなじとさらさらの髪の毛がよく見えた。音符の飾りがついたヘアゴムは校則違反だが、光を反射しておりとても綺麗だ。

——何を書いてるんですか、裏染さん。

覗き込むようにして、その音符越しに話しかけた。

鏡華ははっとしてこちらを振り向き、一瞬だけ不機嫌そうに顔を歪め、それから澄ましたように言ってきた。

——教えてあげるから、耳を貸して。

私は髪を掻き上げて、素直に右耳を差し出し……直後、生まれてこのかた出したことのないような声を上げるはめになった。

そう。確かにあれはマナー違反で、私のほうに非があったといえる。誰だって、書き物をしているとき後ろから覗かれたりしたらいやな気分になるだろうし、ちょっと相手に反撃したくもなるだろう。でもそのときの私は、そんなことまで意識が及んでいなかった。頭の中は、目の前の少女と何を話そうかと考えるだけで精一杯だった。

私は、鏡華と仲良くなりたかったのだ。

＊

「近いわね」

校舎の外から、風に乗ってパトカーのサイレンが聞こえてくる。鏡華は携帯電話に目を落としたまま、退屈しのぎのように口にした。

「どこかで事件でも起きたのかしら」

「さあ。そういえば昨日、風ヶ丘の図書館で大学生の死体が発見されたそうです。その関係かも」

「あら、詳しいわね。お父上から聞いたの？」

「朝のニュースで見ただけですよ……父とは最近話してません。そもそも家にあまり帰ってこないし、きたらきたで鬱陶《うっとう》しいし」

「私もそう。どこの家庭もだいたい同じね」

「鏡華のお父さんは立派な方だと思いますが」

「人間性に欠陥があるわ。駄目人間よ」

反抗期っぽい会話を交わしながら、私たちは閑散とした廊下を進む。格式だのなんだのいっても結局は中学生だ。花瓶一つで騒ぎ立て、花火一つで身を滅ぼし、他愛ない会話に花咲かせる。それに、不器用ながら恋もする。

「よし、と」

携帯をしまうと、鏡華は満足げに伸びをした。

「袴田さんにメール送っちゃった。デートのお誘い」

「デート？　そう簡単に受けてくれますかね」

「くれるに決まってるでしょ。私のプランに隙はないわ」

「純真無垢なお相手なんでしょ。あまり変なことすると嫌われますよ」

「わかってるわよ。初回は清く正しく喫茶店でコーヒーね」

「どうだか……」

本当にわかってるかどうか怪しいものだ、何せ前科が多すぎる。

気がつくと、また右耳に手をやっていた。鏡華はそれを見て「やっぱり気にしてる」と少し笑う。

「もう忘れれば？　たかが耳を甘嚙みしただけじゃない」

「だ、だけとはなんですか！」

私は声を上ずらせてしまった。

「だいたいあれは甘嚙みとは呼びません！　嚙むどころか舐めてたでしょうが！　舌を入れてたでしょうが！　初対面のクラスメイトにあんなことするなんて狂気の沙汰です！」

「私なりのジョークだったのだけど」

「洒落になってないんですよ！」

あのとき。耳を傾けた私を襲ったのは、こしょばゆい吐息と柔らかな唇の感触だった。え、と思ったときにはもう遅く、肩をつかんで引き寄せられ、右耳を完全にくわえられていた。

それから六十秒間のことはあまり思い出したくない。結論だけ述べると、私の耳は鏡華に弄ばれた。いやむしろなぶられた。なぶられた上ねぶられた。見知らぬ感覚と鼓膜を震わすくぐもった音に目を回しかけ、ようやく解放されたときには膝から床に崩れ落ちていた。とんでもない辱《はずかし》めである。

しかし無理やりプラス思考をすれば、そのぶっ飛んだジョークがきっかけで私の願いは叶ったともいえる。それ以降、鏡華は私と話してくれるようになったし、ときどき作った歌詞を見せてくれるようになった。

二人並んで歩けるようになったし、友人と呼んでもらえるようにもなった。

西校舎から屋外の渡り廊下へ移る。外はもう夕焼け空で、駐輪場に並べられた自転車の影がこちらへ長く伸びていた。風に押されて、黒い制服が静かにはためく。

「……さっきは、ありがとうございました」

なびく髪を押さえながら、私は言った。

「仕事を手伝ったこと？　別にいいわよ。その代わり、私の髪留めとお菓子はチャラね」

「いえ、それだけじゃなくて……あのとき、矢鳥に言い返してくれたので」

「ああ、そっち」と鏡華は眉根を寄せ、

「あのアホがあまりにアホすぎたから勝手に怒っただけよ。姫毬のことをかわいげがないだなんて、どういう神経してるのかしら」

——すぐには、言われた言葉が咀嚼《そしやく》しきれなかった。

「わ、私はかわいくなんてありませんよ。かわいいのは名前だけで」

「何言ってんの？　姫毬はかわいいでしょうが。顔も名前も」

「…………」

姫毬、と、鏡華は私の名前を呼ぶ。

ときに真剣に、ときにからかい半分で、ことあるごとに呼んでくる。頼んでも決して苗字では呼ばずに、いつも姫毬、姫毬と。私が嫌いなその名前を、かわいらしすぎて釣り合わないはずのその名前を、当たり前のように何度も呼ぶ。

まるで、それが私にぴったりの名であるかのように。

私は鏡華のほうを向いた。彼女はいつものきらきらした瞳に空の緋色を映し出して、幼げなのにどこか艶《つや》っぽい、捉えどころのない表情をしていた。

あの放課後、床にへたり込んだ私に見せたのと同じ表情。

「恥ずかしがってるときの顔なんて、特に好きよ」

真っ赤になった私に向かって、ひねくれ者の友人は微笑んだ。

おまけ　世界一居心地の悪いサウナ

熱気が充満する小部屋の中で、裸の少年が一人、ひのきのベンチに腰かけていた。年のころは十六、七か。肩幅に開いた膝の上に両肘を乗せ、手の指を組み合わせて、上半身だけ屈み込むような姿勢で座っている。腰に巻いたタオルから危なげに伸びるのは汗ばんだ色白の太もも。頭の先から足の先までスラリと細く、鎖骨や肋骨の線が薄く浮かび上がっている体はどこか女性的でもあった。顔にかかる前髪の隙間からは眠たげな二重まぶたが覗いており、蒸し暑さにじっと耐えているかの如く、黒い瞳は目の前の壁を見つめていた。

すう、すう、と、少年は規則的な呼吸を繰り返す。

しばらくしてからドアが開き、もう一人の人物が入ってきた。

四十代くらいの、眼鏡をかけた中年の男だった。腰にはやはり白いタオルが一枚のみ。メタボリックの気配はなく、少年と同じように痩身だ。背筋はまっすぐで、年相応の小皺《こじわ》を無視すれば目鼻も見事に整っている。射るような目つきは、この熱された部屋の中においても異様なほどに冷たかった。濡れた髪からは、普段のヘアスタイルであるらしい横分けの名残《なごり》が見て取れた。

部屋に足を踏み入れてすぐ、男は顔を伏せ眼鏡を外した。レンズが水蒸気で曇ってしまったらしい。少年は黙って体を奥のほうへずらし、男が座るスペースを空ける。男は眼鏡のレンズに気を取られたまま「どうも」と軽く会釈し、少年の隣に腰かけた。やがて曇りが取れたのか、眼鏡をかけ直した。

そして隣の少年を一瞥《いちべつ》し、

「あ」

と声を出した。

少年も、顔を上げた男を改めて見やり、

「げ」

と言った。

二人はすぐさま目を逸らし合い、沈黙が蒸し暑い小部屋を包んだ。

「お前……なぜここにいる」

壁を凝視したまま静かな声で男が尋ねた。少年のほうも独り言のようにため息交じりでつぶやく。

「いやな奴に会っちまった」

「なぜここにいると聞いている」

「最悪だ……」

「質問に答えろ」

「うるせえな、別になんだっていいだろ」

「よくない。高校生のくせにこんな時間に一人で健康ランドのサウナで汗を流したりするんじゃない、おっさんかお前は」

「正真正銘のおっさんに言われたかないな。駅前で割引券配ってたから来てみただけだ。あんたこそ、汗を流したきゃ家の風呂に入れよ」

「サウナでデトックスがしたかっただけだ。もっとも、お前と居合わせたせいで逆に毒が溜まる一方だがな」

「だったら出てけよ」

「なぜ私が。出るならそっちが出ろ」

「あとから入ってきたのはあんただろ。先客が優先」

「私はお前の身を案じてやっているんだぞ。お前の虚弱さならこの程度の暑さでも気絶しかねん」

「あいにく俺もついさっき入ったばかりだから心配ご無用だ。体も若々しくて丈夫だしな、おっさんのあんたに比べれば」

「私はお前より健康だ。毎朝ラジオ体操しているし漢方も飲んでいる」

「おっさんというよりむしろじいさんの日課だな」

「…………」

「…………」

再び、沈黙。

「まったく、ついてない……こんな奴に出くわすとは」

男は目を閉じ、汗の滴るこめかみへ手をやった。少年はふてくされたように、

「ついてないはこっちの台詞《せりふ》だ」

「事前に察知できていれば回避できたものを……迂闊《うかつ》だ、なぜ気づけなかった」

「回避してくれてりゃ助かったんだがな。何せあんたは、俺が世界で二番目に……」

「そうか、露天風呂にいたのか」

男は少年のほうをちらりと見て、唐突に言った。

「……あ？」

「だが妙だな、私もさっき露天風呂に行ったがお前の姿は見なかった……ああ、そのときは半身浴のジャグジーか。あそこは注意していなかった」

「おい」

「お前は男湯に入ってきて体を洗ったあと、まず屋内の天然温泉につかった。おそらくは十分程度。それから露天風呂へ入るため外に出たが、湯船が混雑していたため休憩用のベンチに座って五分ほど待つ。混雑はなかなか解消しなかったのであきらめて屋内に戻り、今度は半身浴コーナーでまた五分。冷えた体が温まりきらなかったためここのサウナに入り今に至る。そんなところか」

淡々と語る男。ずばり当たっていたらしく、少年は眉を歪めることしかできなかった。

「……尾行でもしてたのか」

「そんな趣味はない」

男は指で眼鏡を押し上げ、

「ここの風呂は全部で四つ。メインの天然温泉と露天風呂、半身浴のジャグジーとサウナ。お前の背中には小さな葉っぱがくっついている。屋外の露天風呂でついたものだろうが、今日は風が弱いからある程度の時間背中を外気に晒《さら》していなければ葉が飛んでくるとは考えにくい。そこで、お前は露天風呂に入るため外に出たが、湯につかることはできなかったと推測が立つ」

少年は自分の背中へ手をやった。戻したときその指には、確かに緑色の葉っぱがくっついていた。その葉に向かって「くそ」と小さく悪態がつかれる。

「今も葉がついたままということは、お前は屋外に出て以降上半身を湯に浸していないということだ。浸していれば葉は取れているはずだからな。お前はさっきこのサウナに入ったばかりだと言った。私はここに入る直前露天風呂を覗いたが、そこにお前はいなかった。ならお前は、露天風呂をあとにしてからサウナに入るまでの数分間どこにいたか？　上半身を湯につけていないなら、ジャグジーで半身浴していたとしか考えられん」

「温泉のほうは当てずっぽうかよ」

「指がふやけて皺が寄っている。体を洗っただけではそうはならない。お前は十分ほど湯船につかったはずだ。露天風呂以降上半身を湯につけていないという前提がある以上、それは背中に葉っぱがつくより前、つまり屋外に出るよりも前のことだろう。露天風呂以外で上半身まで湯につかれるのは天然温泉だけ。したがってお前は体を洗ったあと、最初に温泉につかったことになる。洗い場のすぐ近くにある湯船だから流れ的にも自然だ。これらのことからお前が回った順番を並べると、温泉、露天、ジャグジー、サウナとなる。違うか？」

「…………」

「当たったようだ」

「人の裸をじろじろ観察するなよ。寒気がする」

少年は鳥肌が立ったときのように二の腕をさすった。

「寒そうには見えんがな。頭がふらついている。そろそろ出たらどうだ」

「あんたこそ目の焦点が合ってないぞ。こんなところでベラベラ喋った報いじゃないか」

「私はまだ耐えられる」

「俺も問題ないさ」

「…………」

「…………」

二人はそろって、また無機質な壁のほうへ目を戻した。口とは裏腹にどちらもバテてきたのか、互いの呼吸音は先ほどよりやや苦しげだ。

「ところでお前、今どこに住んでいるんだ」

「あんたには関係ないだろ」

「ある。お前、家を出るとき私のコレクションを無断で持ち出したな？　返却を要求する」

「断る」

「お前の部屋はどうせ整理なんかしていないだろう。ゴミに埋もれていると思うとコレクションが不憫《ふびん》だ」

「すぐ手に取れるようにしてあるだけだ。あんたの手元にあるよりましだよ。棚に並んでるだけじゃ宝の持ち腐れだからな」

「私は見るぞ。すべてちゃんと見る」

「どうだか」

「お前が中学時代に好んでいた例の作品も一通り視聴した。第二期二十話の学園祭の回以外語るべき点は特になかったがな」

「それ、他の奴の前じゃ言わないほうがいいよ。センスのなさが露呈《ろてい》するから」

「なんだと」

「団塊の世代は頭が古いって言ってんの」

「ゆとり世代の言うことは相変わらず間違いだらけだな。私はまだ四十二だ。団塊より二十歳も若い」

「四十二？　へえ、もっとじじいかと思ってた。厄年だな。厄があることを祈るよ」

「黙れ」

「あんたが黙れ」

「口の利き方に気をつけろ」

「どの口が言ってんだよ」

「…………」

「…………」

壁に向けられている互いの目線が跳弾となってぶつかり合い、あたかも火花を散らしているかのような空気がサウナの中に満ちた。男の首筋を幾筋もの汗が伝っていき、少年の前髪からも大きな雫《しずく》が垂れる。

背後に設置された温度計の針が、じりじりと赤いほうへ振れてゆく。

「……母さんが心配している。たまには家に顔を出せ」

やがて根負けしたのは男のほうだった。唸るように言って立ち上がる。

「ただし、私のいないときを見計らえ」

「言われなくてもそうするよ。あんたは俺が世界で二番目に会いたくない相手だからな」

「そうか」

男はふらふらとした足取りで出口へ向かい、ドアを開け、

「なら、二度と会わずに済ませたいな」

そう吐き捨てて、灼熱の部屋から出ていった。数秒あと、すぐ外の水風呂に飛び込んだらしきバシャリという音がわずかに聞こえた。

少年は上半身を起こし、後ろの壁に背をもたれさせた。気だるそうに腕を持ち上げて、手の

甲で額の汗を拭う。それによって、今まで前髪の隙間からわずかにしか見えていなかった顔が露《あら》わになった。

印象的な二重まぶた。黒い瞳。無表情ながら整った目鼻。

彼の顔立ちは、ついさっき隣に腰かけていた男のそれとどこか似ていた。

深く息をついてから、少年は独りつぶやいた。

「クソ親父」

解説——一九九一年が生んだ傑作がここに

村上貴史

■要エクスクラメーションマーク

満足——というか、大満足。

大満足というか大満足!!

青崎有吾の『風ヶ丘五十円玉祭りの謎』は、そんな読後感の、要するにエクスクラメーションマークで強調したくなるほど魅力的な短篇集である。

■風ヶ丘五十円玉祭りの謎

五つの短篇と、一つのおまけ。

二〇一二年に『体育館の殺人』で第二十二回鮎川哲也賞を受賞してデビューを果たした青崎

有吾の『風ヶ丘五十円玉祭りの謎』は、一風変わった構成となっている。

おまけはさておき、五つの短篇はいずれもきっちりと練り上げられた本格ミステリだ。鮎川哲也賞出身という経歴から明らかなように、青崎有吾はロジカルな謎解きを得意とする作家であり、その長所が凝縮された五篇が並んでいるのだ。

本書で主に探偵役を務めるのは、デビュー作で登場した裏染天馬である。風ヶ丘高校の二年生男子で、前期中間テストの九教科全てで満点をとって学年トップの成績を収めた彼は、訳あって学園内の百人一首研究会の部室を密かに自分の住処《すみか》として暮らしている。ベタベタとアニメのポスターを貼ったその部屋で、漫画やアニメDVDなど二次元関係の創作物に囲まれて過ごす彼は、整った顔立ちと、切れ味鋭い推理力を備えている。

その彼が昼休みの学食で発生した〝丼置き去り事件〟に挑む姿を描いて本書の冒頭を飾るのが、第一話「もう一色選べる丼」である。題名の〝もう一色選べる丼〟とは、学食のメニューの一つである二色丼のこと。丼メニューから二種類選び、半分ずつ盛ってもらえるのである。

風ヶ丘高校一年B組の袴田柚乃は困っていた。友人と学食で昼食を済ませた際、返却されないまま屋外に放置された食器が見つかったのだ。学食の食器の返却率が悪いことからルールが最近厳しくなり、誰か一人でも返却し忘れると全員の食器の持ち出しが禁止となる。それはつまり、弁当派の柚乃が学食派の友人と昼食をともに出来ないことに繋がる。それは困る。だが、誰かが食器を置き去りにしてしまったのだ。そんな窮地《きゅうち》の柚乃のもとに現れたのが裏染天馬だ。彼は、食券二十枚と引き替えに食器を置き去りにした者を突き止めることに同意する。タイムリミットは昼休みが終わるまで。あと三十分もない……。

食器の置かれていた場所、トレーの上の状態、丼の中の食べ残し。天馬はそれらを観察し、それらが指し示す人物像を絞り込んでいく。まず彼の着眼点に圧倒されるし、推理のスピードにも圧倒される。天馬は最終的には誰が置き去り犯であるかと同時に犯人が何故そうしたのかも見抜くのだが、〝動機〟のユニークさも、そしてその動機と〝丼の放置〟という現象との大きな隔たりも、実に魅力的だ。

第二話は「風ヶ丘五十円玉祭りの謎」。本書の表題作だ。

風ヶ丘の神社の夏祭りは、出店が何十軒も出るという賑やかなものなのだが、その年の祭りでは、何故か多くの店が釣り銭を五十円玉で渡していた。三百円のたこ焼きを買うのに五百円玉を渡した柚乃の手元にも、四枚の五十円玉が返されてきたのである……。

という謎を抱えたところに現れたのが、他でもない天馬だ。中学生の妹、鏡華とともに祭りに来ていたのだ。さらに新聞部の部長である二年生の向坂香織も加わり、一同はこの謎に挑む。手分けして集めたデータに基づいて謎を解くのだ。その点で、本作は第一話に較べ、調査の面白味も味わうことが出来る。謎めいた現象そのものも、こちらの方が印象的である。つまりは第一話とはミステリ短篇としてのバランスが異なるわけで、そうした味の違いも短篇集ならではの愉《たの》しみだ。現象と真相のスケールのアンバランスさと、それをもたらした動機の独自性も本作の特長である。シリーズ読者にとっては、柚乃と兄、さらには天馬と妹と向坂香織のやりとりも愉しめるポイントだ。そのなかで、ちらりとシリーズ全体に係わる会話も登場しているのでお見逃しなきよう。

続く第三話「針宮理恵子のサードインパクト」は、柚乃視点ではなく、『体育館の殺人』にも登場した二年生女子の視点で描かれている。生まれつき目つきが悪く、中学の時には魔女みたいだとからかわれた過去を持ち、ウェーブのかかった髪を金色に染めた彼女は、荒っぽい口調も手伝ってクラスで孤立し続けてきたのだが、この一学期に——恋に落ちた。相手は年下の新入生。彼がこの夏休みに、吹奏楽部の先輩たちから陰湿ないじめを受けているらしいことに気付いた彼女は、その現場に突撃する……。

理恵子の不器用な恋心を描きつつ、彼女が見た不愉快な状況に、裏染天馬が推理を通じて秩序をもたらすという一篇だ。理恵子の恋と怒りの物語のなかでさりげなく提示された手掛かりから謎を解いて真相を究明するだけでなく、さらに一歩先まで、つまりは彼氏をとりまくトラブルの解消にまで踏み込む姿が（それも天馬らしく知恵を使って行う姿が）、本作の特長。またしても青崎有吾は異なる味の短篇をぶつけてきたのである。

第四話「天使たちの残暑見舞い」は、五年前に卒業した宍戸先輩が演劇部に残したノートに書かれていた人間消失の謎に天馬が挑む一篇。その謎解きへの協力を強いられた柚乃の心の微妙な揺れを愉しんでいるうちに、読者はあちこちに張られた伏線が回収され、天馬が教室で抱き合っていた女生徒二人が消えた謎を、彼女たちが漏らしていた吐息の正体とともに解き明かす様を目の当たりにするのである。第三話は実のところ密室ミステリのユニークなバリエーションとして読める作品なのだが、本作は正真正銘の密室ミステリである。それに宍戸先輩のノートという作中作の味付けをして、過去の謎に挑むというスタイルで料理した一品で、いやはや、大きな伏線の大胆さに圧倒される。人間消失のトリックとして〝アレ〟を用いるという茶目っ気もまた大胆。それを細心の注意を払ってきっちりとしたミステリとして組み上げた青崎有吾につい つい惚れてしまう。

第五話「その花瓶にご注意を」では、裏染天馬は謎を解かない。学校の西校舎で花瓶を割ったのは誰か、というフーダニット短篇の探偵役は別の人物なのだ。その人物とは、第二話にも登場し、天馬ほどではないにせよそれなりに冴えた推理を披露した裏染鏡華である。彼女が通う中学校で起きた事件を描いているのだ。鏡華の推理もなかなかなのだが、天馬ほど一撃必殺ではない。それ故に真犯人を追い詰めきれずに苦戦するのだが、諦めずに知恵を絞り続ける姿からは、兄とはひと味違う魅力が伝わってくる。五篇収録の五篇目にこうした探偵役の変化球を持ってくるとは、青崎有吾、何を考えているのだろう。そう疑問を感じつつも、この味の変化は心地よい。

そして「おまけ」である。サウナで偶然一緒になった二人の男性を描いた掌篇だ。男性の一人は、その場で、その場ならではの推理を披露する。証拠と観察に基づく推理の説得力を愉しめるのだが、それはこの掌篇の主要要素ではない。では何が主要なのかといえば、第二話でちらりと顔を出したシリーズ全体に係わる人間関係である。つまりはシリーズ読者に向けての掌篇なわけで、それ故に「おまけ」であり、鮮やかな推理は、そうでない読者へのおもてなしといえよう。

それにしても、第五話と「おまけ」が並ぶ姿は、まさに一風変わった構成の短篇集である。しかしながら、だ。一風変わった構成ではあるものの、各短篇は、それぞれ無駄なくきっちりした謎解きに仕上がっている。なおかつ短篇集として収録作のバリエーションにも富んでいる。つまり、兎にも角にも上出来の短篇集なのだ。シリーズの他の作品を読んだことがなくても、十分に堪能できるであろう。

ちなみに青崎有吾の《裏染天馬シリーズ》の長篇は、その解決篇の長さに特徴がある。本稿執筆時点での最新作『図書館の殺人』では、全体の約六分の一（六十頁だ）が、解決篇である。それだけの頁数を費やして、緻密に証言を吟味し、論理を構築し、真相を特定していくのだ。そんなミステリを得意とする著者が書いた短篇である。謎解きの密度はたまらなく濃い。探偵役がもったいつけて語ってもよさそうな謎解きを、それこそ使い捨てるかのようにさっさと積み重ね、真相がもたらす全くの異世界へとスピーディーに連れて行ってくれるのだ。嬉しい限りである。

■裏染天馬

青崎有吾のデビュー作である『体育館の殺人』は、風ヶ丘高校の体育館において、密室状況で同校放送部部長である男子生徒が刺殺されていた事件を扱った作品で、関係者の行動を分刻みで吟味するとともに、それぞれの行動や、あるいは現場に残された証拠を緻密に分析して密室の謎を解き、犯人を特定するという、とことん直球の謎解きミステリであった。

シリーズ第二弾『水族館の殺人』は、風ヶ丘高校の新聞部が取材に訪れた水族館で殺人事件が発生し、その謎を裏染天馬が解くという長篇で、二〇一三年に発表された。この作品の終盤で天馬は、容疑者が〝十一人いる〟状態から、理論的に犯人たり得ない者を除外していき、最終的に犯人を特定している。論理性と外連味《けれんみ》を兼ね備えた近年まれに見る解決篇といえよう。

本書はそれら二冊に続くシリーズ第三弾として発表されたわけだが、著者自身は、これが第三弾になることは想定していなかったという。後に第四弾となる『図書館の殺人』こそが、第三弾になると思っていたというのだ。青崎有吾が『図書館の殺人』のアイディアを纏《まと》め、編集者に見せに行ったところ、第三弾は短篇集にしましょうよ、といわれたというのだ。商業誌に初めて書く短篇だというのに、締め切りはその打ち合わせから一週間後。なかなかに無茶な注文だが、青崎有吾はなんとかやり遂げた。かくして「もう一色選べる丼」が誕生したのである。その作品は〈ミステリーズ！〉vol.58（二〇一三年四月）に発表され、第二短篇として「針宮理恵子のサードインパクト」が同誌のvol.60に発表された（同年八月のことだが、この第二短篇の時点でかなり変化球であることにも注目しておきたい）。その二篇に書き下ろしを加えて、『風ヶ丘五十円玉祭りの謎』は二〇一四年に刊行された。

第一話には『体育館の殺人』の二週間後という記述があり、第二話には『水族館の殺人』の十日後であることを示す記述がある。第三話が夏休み中の物語で、第四話は夏休み明け直後の物語、そして第五話では『図書館の殺人』（二学期制の前期期末試験が行われる九月の物語）

の翌日と思われるシーンが登場している。つまり、本書収録の五短篇の事件は、長篇三作品の事件と並行して発生していたという設定なのだ（こう考えると、第五話が鏡華の中学で起きた事件を鏡華が解くという構造になっていることにも必然性が感じられる。なにしろ天馬は馴染みの警察官に乞われて『図書館の殺人』の謎解きに駆り出されていたのだから）。

長篇に並行して発生という設定のせいか、謎のタイプも異なっている。殺人事件ではなく、丼の置き去りだったり、妙なお釣りだったり、恋愛と部活のあれこれであったり、ノートに書かれた謎の解明であったり、花瓶を割った犯人探しであったり、だ。要するに、殺人事件のような重大犯罪は扱われていないのである。一方で登場人物たち——特に脇役たち——の個性がたっぷりと掘り下げられており、なおかつ謎解きのロジックの凄味も堪能できる。実に充実した短篇集なのである。

■五十円玉

著者の青崎有吾は、冒頭に記したように『体育館の殺人』で鮎川哲也賞を受賞してデビューしたのだが、当時はまだ二十一歳の大学生で、就職活動中の受賞だった。彼が生まれたのは一九九一年、つまりは平成三年であり、青崎有吾は、鮎川哲也賞において初めての平成生まれの受賞者となった。

受賞作『体育館の殺人』というタイトルは、綾辻行人の《館シリーズ》を想起させるが、本家の第五弾であり、吉川英治文学新人賞の候補作ともなった『時計館の殺人』が発表されたのが、この一九九一年であった。この年に綾辻行人は『霧越邸殺人事件』で日本推理作家協会賞の候補にもなっている。そんな年に、青崎有吾は生まれたのだ。

ちなみにこの一九九一年を振り返ってみると、推理作家協会賞を受賞したのは大沢在昌の『新宿鮫』だった。『霧越邸殺人事件』の他、宮部みゆきの『レベル7』や、デビュー作で直木賞を獲得した中村正軌の『貧者の核爆弾』を抑えての受賞である。江戸川乱歩賞は、鳴海章『ナイト・ダンサー』と真保裕一『連鎖』がダブル受賞。青崎有吾の東京創元社での先輩にあたる作家でいえば、北村薫が《円紫さんと私シリーズ》第三弾の『秋の花』を、そして山口雅也が『キッド・ピストルズの冒瀆』を発表している。

なかなかの顔ぶれであり品揃えであるが、この年で注目すべきはそれらだけではない。一九九一年の年末には、青崎有吾にデビューをもたらした賞と同様に鮎川哲也の名を冠した書き下ろしアンソロジー『鮎川哲也と十三の謎'91』が刊行されたのである。様々な書き手の創作短篇や評論が収録されたこの本で、若竹七海が大学生時代に体験した〝五十円玉二十枚の謎〟が初めて公になったのだ。若竹七海のアルバイト先の書店に、毎週土曜日になると五十円玉を二十枚握りしめた男がやってきて千円札に両替してもらい、そそくさと帰って行くのだが、その目的も不明ならば男の素性も判らないという謎である。この体験に東京創元社の編集者が着目し、これをミステリ短篇の題材として競作することとなった。かくして『鮎川哲也と十三の謎'91』に若竹七海の「出題」と法月綸太郎「解答編Ⅰ」、依井貴裕「解答編Ⅱ」が発表される運びとなったのである。要するに、『風ヶ丘五十円玉祭りの謎』を書いた青崎有吾は、〝五十円玉二十枚の謎〟の申し子なのだ。剣持鷹士や倉知淳がやはり申し子であるように(この二人は『鮎川哲也と十三の謎'91』で告知された五十円玉二十枚の謎解きの公募に作品を投じ、剣持鷹士〔高橋謙一名義〕が最優秀賞、倉知淳〔佐々木淳名義〕が若竹賞を獲得し、一九九四年に二人ともデビューを果たした)。

念のため付記しておくと、短篇「風ヶ丘五十円玉祭りの謎」で扱われる五十円玉の謎は、二十枚という枚数に直結したものではない。そのせいだろうか、青崎有吾は「もう一色選べる丼」で、天馬の鼻先のにんじんとなる食券を二十枚としている。必要以上に二十枚を強調した書き方になっているようにも思う。青崎有吾だけに、そこに意図があるような気がしてならないのである。

さて、青崎有吾は、本書『風ヶ丘五十円玉祭りの謎』を発表した後、二〇一五年に『アンデッドガール・マーダーファルス1』で新シリーズを開始した。不死の美少女(九百六十二歳!)や半人半鬼の青年などが、怪物やシャーロック・ホームズやアルセーヌ・ルパンが存在する十九世紀の欧州を舞台に活躍するミステリであり、アクションとロジカルなサプライズが同居している。本稿執筆時点では、第二弾まで刊行されている。

二〇一六年には連作短篇集『ノッキンオン・ロックドドア』を発表。ハウダニット専門の探偵とホワイダニット専門の探偵がコンビを組んで、時に手柄を争いながら事件の解決を目指す。探偵の特性を分けることで謎の本質が明らかになる面白味が加わり、さらに、どちらが謎を解くのかという興味も加わっている。本書とはまた異なる形で短篇の魅力を味わえるので、未読の方には是非お薦めしたい。日本推理作家協会賞にもノミネートされたこの『ノッキンオン・ロックドドア』の続篇は、どうやら二〇一七年に刊行されるらしい。こちらもまた愉しみだ。

そしてそして《裏染天馬シリーズ》（本書が刊行されたので、もはや《館シリーズ》とは呼べなくなった）である。著者本人としては、『図書館の殺人』で〈シーズンⅠ〉は終わり、という意識を持ちつつも、次の館はもう決めているという。東京オリンピック前には発表したいという気持ちでいるそうなので、そちらは気長に待つとしよう。

こうした具合に活躍の場を広げつつある青崎有吾。異なるタイプのミステリでしっかりした成果を残しているのはさすがとしかいいようがないが、その契機になったのは、二冊のエラリー・クイーン型の緻密な長篇本格ミステリという成功体験から、さらに次のステージに具体的に一歩を踏み出した本書だった。現在の青崎有吾の活躍を考えれば、節目となる本書が充実した仕上がりになっているのも当然と理解できる。日本ミステリ界が誇るべき一九九一年生まれの傑作が、そう、本書を生んだのである。

本書は二〇一四年、小社より刊行された作品の文庫化です。

著者紹介　1991年神奈川県生まれ。2012年，明治大学在学中に『体育館の殺人』で，第22回鮎川哲也賞を受賞しデビュー。著作は他に，『水族館の殺人』『図書館の殺人』『アンデッドガール・マーダーファルス』などがある。

風ヶ丘五十円玉祭りの謎

2017年7月21日　初版
2024年12月6日　6版

著　者　青《あお》崎《さき》有《ゆう》吾《ご》

発行所　(株)東京創元社
代表者　渋谷健太郎

162-0814 東京都新宿区新小川町1-5
電　話　03・3268・8231-営業部
03・3268・8201-代　表
URL　https://www.tsogen.co.jp
フォレスト・本間製本

ISBN978-4-488-44313-9　C0193

シリーズ第三長編

THE RED LETTER MYSTERY◆Aosaki Yugo

図書館の殺人

青崎有吾

創元推理文庫

◆

期末試験の勉強のために風ヶ丘図書館に向かった柚乃。
しかし、重大事件が発生したせいで
図書館は閉鎖されていた！
ところで、なぜ裏染さんは警察と一緒にいるの？
試験中にこんなことをしていて大丈夫なの？

被害者は昨晩の閉館後に勝手に侵入し、
何者かに山田風太郎『人間臨終図巻』で
撲殺されたらしい。
さらに奇妙なダイイングメッセージが残っていた……。

“若き平成のエラリー・クイーン”が
体育館、水族館に続いて長編に
選んだ舞台は図書館、そしてダイイングメッセージもの！

孤島に展開する論理の美学

THE ISLAND PUZZLE ◆ Alice Arisugawa

孤島パズル

有栖川有栖

創元推理文庫

◆

南の海に浮かぶ嘉敷島に十三名の男女が集まった。
英都大学推理小説研究会の江神部長とアリス、初の
女性会員マリアも、島での夏休みに期待を膨らませる。
モアイ像のパズルを解けば時価数億円のダイヤが
手に入るとあって、三人はさっそく行動を開始。
しかし、楽しんだのも束の間だった。
折悪しく台風が接近し全員が待機していた夜、
風雨に紛れるように事件は起こった。
滞在客の二人がライフルで撃たれ、
無惨にこときれていたのだ。
無線機が破壊され、連絡船もあと三日間は来ない。
絶海の孤島で、新たな犠牲者が……。
島のすべてが論理《ロジック》に奉仕する、極上の本格ミステリ。